ベリーズ文庫

誘惑前夜

～極あま弁護士の溺愛ルームシェア～

あさぎ千夜春

STARTS
スターツ出版株式会社

目次

誘惑前夜
～極あま弁護士の溺愛ルームシェア～

プロローグ

「……全部脱がせていい？」

欲望で濡れた目で見つめられて、小春《こはる》は拒めなかった。

彼が、自分が着ているシャツを脱がせるのに身を任せてしまった。

いや、拒めないという消極的な言い訳はよそう。ひそかに素敵だなと思っていた人に求められて、小春は嬉しかったのだ。

いつも機嫌がよさそうに微笑みを浮かべている彼の、普段とは違った男の一面を知って、そのギャップに胸がときめいて仕方なかった。こんな状況で流されるように体を重ねてしまったら、追い追い困るのは自分だとわかっていたのに、拒めなかった。

百八十五センチを超える長身の彼にソファーに押し倒され、小春はドキドキしながらも、気持ちを抑えられず、彼の首に腕を回し引き寄せる。

自分より三十センチも高い彼の顔を、ずっと近くで見てみたいと思っていた。

「小春……」

少しかすれた声がセクシーで、胸がぎゅっと締めつけられる。

彼の少し明るい色の瞳が、しっとりと濡れて小春を見つめ、近付く。

目を伏せると同時に、唇が重なった。

彼の饒舌《じょうぜつ》な唇が、自分の唇をむさぼる。かすかにアルコールの香りがして、そのまま口の中に熱い舌がねじ込まれる。

シャツが剥《は》ぎ取られて、下着姿になったが、恥ずかしいと思う気持ちはもう消えていた。

(後悔なんかしない……私、この夜のこと、絶対に忘れないわ……)

俺の部屋に来る？

　木枯らしが身に染みる十一月、晩秋。

　デニムに、薄手のピンクのセーター姿の増井《ますい》小春は、がらりと食堂の戸を開けた瞬間、ぶるっと身震いしていた。

　まだお昼の十一時半だ。背中の真ん中ほどの髪をひとつにまとめているので、出ている首筋に、寒さがこたえる。

「う〜っ、急に寒くなったみたい……」

　独り言を言いながら、営業中の木札をかけると同時に、「こんにちは」と、背後から声がする。

（この声は――！）

「いらっしゃいませ！」

　小春が返事をしながら振り返るとそこに、上品なネイビーブルーの三つ揃えを着た長身の男が立っていた。

「やぁ、小春ちゃん。元気してた？」

少しくせのある茶色の髪に、くっきりとした二重まぶたの切れ長の目。しっかりした鼻筋と、微笑みを浮かべた上品な唇。甘さと精悍《せいかん》さがちょうどいいバランスで同居した、かなりの美男子だ。

スーツの上に、薄手の黒いコートを羽織った彼は、手に黄色の紙袋を持っていた。上等なスーツやコートには少し不似合いだが、柔らかい笑みを浮かべた彼は、いつもと変わらない。

「お久しぶりです、神尾《かみお》さん！」

待ち望んでいた彼の来訪に、小春は嬉しくなって、少し跳ねるように名前を呼んでいた。

彼の名は神尾閑《しずか》。小春の五つ年上の二十九歳で、弁護士だ。小春が住み込みでアルバイトをしている『なかもと食堂』の常連で、ここから歩いて五分の法律事務所で働いている。

少し近づきがたいレベルの、華やかな容姿をしているが、本人はかなり気さくで、この町の商店街のご老人方からは『下町のプリンス』と呼ばれて、大人気だった。

（ほんと、神尾さんが来てくれるの、久しぶりだから嬉しいな）

小春はひそかにこの男に憧れていた。いや、どんな女の子だって、彼と話してみれば、多かれ少なかれ、好意を持つに違いない。

閑は、いつでも優しくユーモアがあり、誰に対しても穏やかに接して、決して偉ぶることはない。生まれてこの方ずっと平凡で、なんら突出した魅力のない自分からしたら、雲の上の人だ。けれど、心の中でひそかに憧れの気持ちを抱くくらいなら、迷惑をかけることはないだろうと、小春は淡い気持ちを大事に胸にしまっている。

「今、ちょうど開いたところですよ」

小春は閑を食堂の中に招き入れる。

「よかった。やっぱりここのメシ食わないと、調子が出ないんだ」

閑はにっこりと微笑んで、少し頭を下げながら、食堂の中へと足を踏み入れた。

「おおっ、下町のプリンス、久しぶりに見たぞ、どこ行ってたんだよ〜！」

カウンターの中で忙しそうにフライを揚げていた大将が、入ってきた閑を見て、パッと笑顔になった。

閑はこの商店街のみんなにとって、大事な仲間のような存在だった。誰だって彼に一度は相談に乗ってもらったことがある。

「どこ行ってたって大将、俺、出張前に、ここ寄っただろ。たった十日前のことだよ。もう忘れた？　はい、これお土産の温泉まんじゅう」

閑は苦笑しながら、持っていた紙袋をカウンターの上に置く。

「おう、ありがとな～。小春ちゃん、後で食べような～」

「はーい、と言いたいところですけど、大将、お医者さんに甘い物の食べすぎはダメだって、注意されてませんでした？」

「うっ……そうだったっけな？」

「そうです。それに大将、昼も夜も働いて、あまり休まないし……心配です」

なかもと食堂は昼夜と営業していて、商売繁盛は結構なのだが、六十代後半の大将の体が心配だった。休むようにと言っても、なんだかんだと理由をつけて、なかなか休息を取ろうとしない。

「うーん、それはなぁ……まぁ、性分というかなぁ……」

小春の指摘に、大将がタジタジになりながら、視線を逸らす。

それを見てまた閑がクスッと笑って、カウンターの一番左端のいつもの席に座った。

「さすがの大将も、小春ちゃんには形無しだ」

「まぁ、小春ちゃんは俺の親友の娘で、実際、娘みたいなものだからなぁ……」

うんうんと、腕組みしてうなずく大将に、小春も同意する。

「私にとっても大将――中本《なかもと》のおじさんは、もうひとりのお父さんだもの。父の反対を押し切って東京《とうきょう》に出てきたのに、おじさんが雇ってくれなかったら、半年で徳島《とくしま》に帰ってたと思います。だから感謝してます」

「へへへっ……そうかい。増井には恨まれるかもしれないが、嬉しいねぇ〜」

大将は照れたように肩をすくめた後、

「さーてっ、我らが下町のプリンスのメシを作るか！」

と、腕まくりしたのだった。


「ごちそうさま」

「ありがとうございます」

レジカウンターで、レシートとお釣りを渡しながら、小春は閑を見上げる。

閑が来店してから出ていくまで三十分。たった三十分だが、小春にとっては特別な時間だ。店は常連客で繁盛していて忙しいが、ほんの数分の会話だって大事にしたい。

「今回の出張は長かったですね」

「そうだね。内容は話せないけれど、少し込み入っていたから」

閑はにっこり笑ってうなずく。

「でもさ、来た時にも言ったけど、俺やっぱり大将の作るメシがないと調子出ないんだよね。また明日から毎日通うから、よろしく。看板娘の小春ちゃんの顔も見ないといけないないし」

「はいっ！　こちらこそ、今後ともどうぞよろしくお願いいたしますっ！」

看板娘云々《うんぬん》はお世辞だろうし、おいしい食事を作るのは大将であって自分ではないのだが、小春も大将の作る料理が大好きなので、褒められると純粋に嬉しい。

「お仕事頑張ってくださいね」

小春も元気よくうなずいて、出ていこうとする閑の背中を見送ったのだが――。

ガシャン……ガタンッ！

突然背後で皿が割れる音、そしてなにか大きな物音がして、小春は驚いて振り返った。まだ食事をとっていた客たちが立ち上がり、カウンターの中を覗き込んでいる。

「おいっ、大将、どうしたー、足滑らせたのか？」

「……って、大将……大将っ⁉」

カウンターの中で転んだらしい大将は、立ち上がらない。声もしない。

「えっ……？」

尋常でない雰囲気に、小春はレジの前で固まったまま、呼吸を忘れてしまった。

「――小春ちゃん、どうした？」

わぁわぁと騒ぐ客たちの異変に気が付いたのか、背後から、いったん店を出たはずの閑が戻ってくる。そしてハッとしたようにカウンターの中に飛び込んでいきながら、叫んでいた。

「救急車呼んで……！」

（きゅうきゅうしゃ……救急車⁉）

小春の全身から、血の気が引いた。


運ばれた先の病院で受けた診断は、軽い脳梗塞《のうこうそく》だった。

「ううっ……よかったぁ……よくなかったけど、よかったっ……」

早めに病院に搬送されたこともあり、命に別状はないという診断を聞いた小春は、病院の廊下で、安堵のあまり両手で顔を覆い、泣き出してしまった。

「小春ちゃん……大丈夫？」

「すっ、すみません……ホッとして……っ」

小春はハンカチで涙を拭きながら、病院まで来てくれた閑に深々と頭を下げる。

「神尾さん、付き添ってくださってありがとうございました……！」

今さらだが、大将が倒れたあの状況では、とっさに体が動かなかった。すぐに救急車と言ってくれた閑には感謝の気持ちしかない。ひとりではもっと取り乱していただろう。

「いや、そんなこと気にしないでいい。うちの師匠《ししょう》も、なかもと食堂にはお世話になってるし、むしろ、『行ってこいっ！』って、送り出してくれたんだから」

閑の言う師匠というのは、『槙《まき》法律事務所』の所長であり、閑の上司である弁護士だ。小春も面識がある。

「槙先生にも、お礼を言わないと……っ」

小春はハンカチで涙を押さえながら、唇を噛みしめる。

「で、とりあえず二週間の入院ってことになったけど……確か大将の娘さんって、海外で働いてるんだっけ」

「はい。キミお姉ちゃん……結婚して、ロンドンで働いてて……」

小春の八つ年上のキミお姉ちゃんこと、希美《のぞみ》は、大将のひとり娘だ。小春にとって姉のような存在でもある。当然連絡するべきだろう。

「ロンドンか。時差は向こうが九時間前だから……」

閑は腕時計を見て、「まだ寝てる時間ではあるけど、連絡して悪いってことはないだろう。こういう状況だし」と言い、不安で唇を噛みしめる小春の肩に、手を置いた。

「はい、大丈夫です。連絡先、スマホに入ってますから」

希美とは月に一度ほど、スカイプで連絡を取り、近況を報告している。

小春は震える手でエプロンからスマホを取り出したが、緊張のせいか手からつるりと滑り、床に落とす。

「あっ……」

慌ててスマホを拾い上げたが、その瞬間またぽろりと涙がこぼれた。丸い涙が、液晶にぽつぽつと落ちる。

「すっ……すみません……っ……私、本当に……」

落ち着かなければと思えば思うほど、気持ちが焦る。ちゃんとできない自分に苛立ちが募る。

(私、なんでちゃんとできないんだろう……!)

手の甲で涙をぬぐいながら、情けなくて死にたくなる。

だが、閑は、

「いいから。深呼吸して」

静かな声でそうささやくと――そのまま片腕で、小春の肩を抱き、突然、彼の胸に引き寄せたのだった。

「あっ……」

彼と知り合って二年近く。こんなに近づいたのは初めてだった。

突然のことに小春は息をのむが、閑は冷静だった。

「ゆっくり。ほら、深呼吸……」

強張る小春を包み込むようにして抱きしめ、耳元でささやく。

「なにも怖いことは起こらない。俺がそばについてるから……大丈夫だ」

穏やかな声はいつもと変わらない。そう、変わらないけれど、声が近い。抱きしめられているせいか、直接声が体に伝わってくるような、不思議な感覚になる。

（……ほんとに、大丈夫なの……？）

体は相変わらず抱き寄せられたまま、時折トントン、と子供をあやすように背中を叩かれる。

（神尾さん……優しいな……）

彼に憧れている小春としては複雑だったが、確かに、閑の腕の中に抱かれていると、胸にじわっと広がる不安が、次第におさまってくる。

「す、すみません……」

謝ってばかりだが、小春としては謝るしかない。

「謝らなくていい」

閑はそのまま小春の肩を抱いて、廊下に置いてある長椅子に座らせた。

「とりあえずやることは、入院の手続きと、キミさんへの連絡だ。店は当分休みにするしかないけど、きっと商店街の人たちが協力してくれる」

「はい……」

小春はこくりとうなずいて、目の前に立っている閑を見上げる。

すると閑はニコッと、いつものように優しく笑って、

「泣き虫だな」

と、小春の頬に残る涙を指ですくうようにしてぬぐい、それから顔を近づけた。

「安心しなさい。なにかあったら、力になるから。まぁ、法律家の俺の出番なんてないに越したことはないけど」

「――そうですね」

大将が元気になって、店を再開すればなにもかも元通りだ。こんなこともあったねと後々笑い話になるだろう。

小春はそう思ったのだが、それほど日が経たぬうちに、事態は急変した。

「えっ、店を閉める⁉」

大将が入院して十日ほどが経ち、退院する数日前のこと。すっかり元気になった大将の見舞いに行った小春は、着替えの袋をそのまま足元に落としてしまった。

「あっ……ごめんなさい」

慌てて拾い上げたが、六人部屋のベッドで上半身を起こした大将は、申し訳なさそうに小春を見上げ、「ごめんな」とつぶやいた。

「今回倒れて、ちょっと考えたんだけどよ。大事に至らなかったとはいえ、キミも心配してな。前々からもう少し休めって、小春ちゃんにも言われてたんだけど、俺が言うこと聞かなかったもんだから……こんなことになっただろ？」

「はい……」

小春は唇を噛みしめながら、ベッド横にパイプ椅子を出して腰を下ろす。

確かに一度倒れているのだ。次がないとは言い切れない。

「じゃあ、料理、やめてしまうってこと……？」

なかもと食堂には、思い出がたくさんある。小春だって毎日、あそこに立っていたのだ。だが自分のわがままでそれを無理に残せとはとても言えない。

泣きそうになるのをこらえながら問いかけると、

「いやぁ……実は、ついさっき増井から連絡あってな。こっちに来て、店を手伝ってくれないかって言われてな」

「えっ、お父さんに？」

思わぬ話の展開に、小春の大きな目が、まん丸に見開かれた。

父と中本は、都内の同じホテルに勤めていた頃から三十年来の大親友だ。年はいくつか中本のほうが上だが、豪快な中本と、少しばかり神経質なところがある小春の父は、なぜかうまが合ったらしい。中本が二十年前に妻を病気で亡くし、ホテルを辞めて食堂を開いてからも、変わらず家族ぐるみの付き合いをしてきた。

十年前、離婚を機に小春の父もホテルを辞め、故郷である徳島に戻り、イタリアンレストランを始めた。小春も当然徳島に引っ越し、広大で豊かな自然のもと、のんびり、のびのびと暮らしていたのだが、父が再婚したのを機に、東京に出てきたのだ。

「やっぱり店を維持するのは大変だし、でも、増井の店なら手伝うのもいいかなーってな。あいつなら信頼できるし……それに徳島、いいところだしなぁ……」

中本は少し伸びた顎《あご》ひげをゴシゴシとこすりながら、懐かしそうに目を細める。

「ほら、小春ちゃんも実家に帰って、また増井の店を手伝ったらいいじゃないか。あいつもそれを望んでるみたいだしよ」

「そう、ですね……」

小春はそれ以上なにも言えないまま、うなずくしかなかった。


病院内のコインランドリーには、人がいなかった。

小春は洗濯の名目で病室を離れて、ぼんやりと考えていた。

(実家に帰る……？)

別に実家が嫌なわけじゃない。

確かに父は再婚したが、義理の母は数年前から店のホール係として働いてくれていた、父と同年代の落ち着いた女性だ。お互いバツイチ同士で、初めは再婚するとは考えていなかったようだが、結局将来を共にすることを選んだらしい。

反対する要素はなにひとつなかった。むしろ父を支えてくれる存在は、大歓迎だった。大学を卒業した後、父のレストランを手伝っていた小春は、義母がいたからこそ、また東京で暮らしてみたいと思ったのである。

そしてつい十日ほど前まで、東京の下町での、のんびりした日常が続くと思っていたのに、それが突然終わりそうになっていることに、頭がついていかなかった。

(私がここに残りたいっていうのは、ただのわがままだよね……)

ぼんやりとひとり、乾燥機の中を見つめていると、

「小春ちゃん」

朗らかな声で、名前を呼ばれた。

「あ……」

声のしたほうを振り返ると、長身の男が立っていた。閑だ。仕事の途中で寄ってくれたのだろうか。グレーのスーツ姿で、腕に脱いだコートをかけている。

「今、大将と少し話したところ。店をたたみたいって相談を受けてね。依頼を受けることにした」

「……はい」

小春にとっては寝耳に水だったが、大将の決意は固いということだ。意識を取り戻してから、ずっと考えていたのだろう。

「東京に出てきて、もう二年だっけ？」

閑が乾燥機の前に立ち尽くす小春の隣に、肩を並べる。

「二年前の秋に上京しましたから」

こくりとうなずくと、閑が優しげに目を細める。

「そっか。じゃあ俺と小春ちゃんも知り合って二年ってことだな」

閑の目は、髪の色同様、色素が薄い。抜群のスタイルも相まって、外国の血が入っているのではと何度か思ったことがあるのだが、とにかく華やかな容姿をしているので、まじまじと見つめられると照れてしまう。

（眩《まぶ》しい……あんまり見ないでほしいな……）

その視線を受けて、小春ははにかみながら、うつむいた。

「私……店をたたむって言われて、寂しくなってしまって……もちろん中本のおじさんの体調が一番だから、それがいいって頭ではわかってるんですけど……」

「わかるよ。故郷がなくなるような気がするんだろう」

「そうなんです」

テーブル席が三つ、あとはL字型のカウンターに五人座れるだけの店だが、ずっと大将がひとりで切り盛りしていた。小春は二年前から住み込みで働いていたのだが、いくら料理ができても、大将には到底及ばないし、自分が大将の代わりになれるわけではない。大将あっての食堂なのだ。

「勝手なんですけどね」

小春はなんとか笑顔を作って、頬にかかる髪を耳にかけながら、閑を見上げた。

「お店のこと、私からもお願いします。大将がまた新しい人生を歩めるように、手伝ってください」

「ああ、わかった」

閑はしっかりとうなずいて、それから軽く体の前で腕を組んで、小春の顔を覗き込んだ。

「――で、店はいいとして。小春ちゃんはどうするの？」

「私は……」

まさにそのことを、小春は乾燥機を眺めながら悩んでいたのだ。

「恥ずかしながら、東京に出てきたのは、なんとなくなんです。あのまま父のレストランを手伝ってもよかったけれど、十代の半ばまでいた東京がなんとなく懐かしくなって……父が再婚したのなら、私がそばにいなくてもいいだろうって、それでなんとなく出てきて……」

改めて口で説明すると少し恥ずかしいが、これが自分の正直な気持ちなのだ。それに嘘をついたって、聡《さと》い閑にごまかしは通用しないことはわかっている。

「なんとなく出てきたんだから……帰ろうかなって……」

そう口にしながら、小春の表情はどんよりと暗くなってしまった。

「……帰りたくなさそうだ」

「………」

閑の指摘に、小春は口ごもる。

確かに彼の言う通り、自分は〝帰りたくない〟と思っている。だが人に説明できる、理由がない。

夢や目標があって、どうしても東京にいたいという理由があるならまだしも、なんとなくでは言い訳にならないではないか。

だから帰るしかないのだろうと、自分に言い聞かせている。

それに父だって、中本の大将だって、それを望むだろう……。

「だって……」

「だってじゃなくて」

口ごもる小春を、閑はなぜか許さなかった。小春を追いつめるような物言いで、追及の手を緩めない。

「思っていることを、はっきり口に出したらどう？」

「……っ」

そのひと言に、小春は息をのんだ。

小春は、ずっと物心ついた時から、この調子だった。おっとりといえば聞こえはいいが、あまり自己主張をしない子だった。あれをしたい、これをしたいと思うことも、口にしたことがなかった。

小春はそんな自分を主体性がない人間なのだと思っていたが、ひそかに憧れている閑にそれを指摘されたような気がして、ぐさりと胸に刺さるものがあった。

小春は顔を上げて、隣で小春の返事を待つ閑を見上げた。

「わっ……私っ……」

閑の明るい色の瞳と視線がぶつかる。光の加減によっては琥珀《こはく》色にも見えるその美しい目に、自分の影が映る。

その瞬間、小春は理解した。

（私が……私が、ここにいたいのは……神尾さんと、離れたくないからだ……！）

ああ、そうだ。これは勝手な片思いだ。

彼にとって自分は、たまに通う店で働く一店員に過ぎない。想いが通じるはずもないし、言うつもりもない。なのに――離れたくないという理由で残りたいなんて、彼に向かって言えるはずがない。

（どうしよう……）

頬に熱が集まり、目の縁にじんわりと涙が浮かんだ。

もともと人に誇れるなにかを持っているわけではない。けれどこれ以上、軽蔑されたり、がっかりされたくなかった。こんな自分を、ひそかに想っている閑に見られたくない。知られたくない。

とっさに逃げようとしたが、それよりも早く先回りする形で、閑が小春の手首をつかんでいた。

腕を引いたが、びくともしない。閑はしっかりと小春を見つめたまま、言い聞かせるかのように口を開いた。

「理由なんて、本当は言っても言わなくてもいい」

「え……？」

どういうことかと小春は目を見開く。

「大事なのは、自分で決めて、行動することだ。君は少しいい子すぎる。自分の気持ちよりも、周りのためにはこうしたほうがいいんじゃないかって、考えてる。そうじゃない。誰も君に、そんなことを望んでいない。だから自分の気持ちを大事にするべきだ。悩むのは後でいい」

その言葉はまっすぐに小春に届いて、胸を打った。

「神尾さん……」

小春の目に、さっきとは違う涙が浮かぶ。

本当は彼にとって、自分の存在などどうでもいいはずだ。なのに親身になろうとしてくれている。その気持ちが嬉しかった。

胸の奥から、ぐうっとなにかがこみ上げてくる。

(ああ、やっぱり……私はこの人が、好きなんだ……)

「のっ……残りたいですっ……ここで、この町で、暮らしていたいですっ……」

小春は叫んでいた。声を絞るようにして、そう口にしていた。

あなたが好きだとは言えなかったけれど、これは小春にとって大進歩だった。

それを聞いて、閑がふっと表情を和らげる。

「よかった。これで君の力になれる」

その言葉は、弁護士としての職務の延長上でしかないのかもしれないけれど、小春にはそれで十分だった。

「っ……ありがとうございます！」

つかまれていた手は自由になったが、小春はそのまま体当たりをするようにして閑に抱きついていた。

もうなにも考えていなかった。そうしたかったからそうしたのだ。

「わっ……」

一方、飛びつかれた閑は、驚いたように声をあげたが、苦笑した後は、しっかりと小春を抱きとめる。そしてまた、ぽろぽろと涙をこぼす小春の背中をトントンと叩きながら、優しく微笑んだのだった。


東京に残ると決めてから、小春の周囲は慌ただしかった。

大将が退院しても、なかもと食堂は、いきなり閉店とはならなかった。昼だけの営業、そして年内いっぱいと決めて、体調と相談しながら店を続けることになった。

《ごめんね、小春ちゃん。迷惑かけるわね》

「そんなことないよ。キミちゃんには、赤ちゃんがいるんだもの。来られなくたって仕方ないよ。無理しないで」

ボーダーカットソーにデニム姿で、夕方の仕込みを手伝っていた小春は、スマホをカウンターに置いたまま、ハンズフリーで希美と通話しながら、ひとりで洗い物をしていた。

希美はロンドンで結婚し、子育てに仕事に忙しい。中本が倒れた時、なんとか都合をつけて帰国しようとしたのだが、小春が『私がそばについているから大丈夫』と伝えている。

「おじさん、びっくりするくらい元気いっぱいだし。有終の美を飾るんだって、張り切ってるくらいだし」

《まったくもう……年寄りの冷や水にならなきゃいいけど》

電話の向こうの希美は、一度決めたらてこでも動かない、父の性格をよく理解しているのだろう。心配しつつも、仕方ないと思っているようだった。

《で、年内はうちにいるからいいとして……来年以降はどうするの？　どこかに家を借りるんでしょう？》

「ああ、キミちゃん、それがね……」

小春は少し困ったように、ため息をついた。

《あら、どうしたの？　なにか問題でも？》

「うん……ちょっと……実はね」

口を開きかけた瞬間、「こんにちは」と、なんの前触れもなく食堂の戸が開いた。

顔を出したのは小春の目下の悩みの種、神尾閑だった。黒い上等なコートに身を包んだ彼は、今日もハッとするほど凛々《りり》しい。手には大きめの封筒を持っている。

「神尾さん。おじさんは、商店街の寄り合いに出かけているんですが」

「俺の用事は小春ちゃんだから、大丈夫だよ」

閑はやんわりと首を振り、そのままカウンターへと近づいてきた。

《――神尾さん？　中本の娘の、希美です。父から話は聞きました。電話でしかご挨拶できないのが申し訳ないのですが、お世話になります》

閑が来たことに気づいたらしい。希美の呼びかけに、閑がカウンターテーブルの上に置いているスマホに視線を向ける。

「希美さんですね。ご挨拶が遅れました。神尾閑です。槇法律事務所所属の弁護士です。中本さんの店舗の権利回り含め、私が担当させていただくことになりました」

《ええ。ありがとうございます。常々父から、お世話になっていると聞いていました》

そして希美は、ひと息ついて補足する。

《あと、ついでというわけではないんですが、小春は私の妹同然なんです。この子のことも、よろしくお願いいたします》

「えっ、キミちゃんっ⁉」

突然の自分の話題に、小春は飛び上がらんばかりに驚いたが、

「ええ、もちろんです。お任せください」

という閑の答えに、小春はなんと言っていいかわからず、赤面してしまう。

それから、スマホの向こうで赤ちゃんが泣く声が聞こえた。

《ごめんなさい、うちの子だわ。じゃあまた連絡するわね。小春、話はまた今度にでも》

「う、うん……じゃあキミちゃん、またね」

結局、困ったことの内容は伝えられないまま、電話は終了してしまった。

「――お茶を淹《い》れますね」

最後のお皿を拭き終わった小春は、ガスにやかんをかける。

「ありがとう」

閑は慣れた様子で、いつものカウンター席の一番左端に座ると、持っていた封筒をテーブルの上に置いた。

「それでね。あれからいろいろ調べたんだけど……やはりセキュリティが一番大事だと思うんだよ」

「はぁ……」

小春はうなずきながら、内心どうしたものかとカウンター越しに閑を見下ろした。

東京に残ると決めてから、閑は大将の店の権利関係の処理と同時進行で、小春の行く末にも気を配るのが使命と思っているようだ。彼にとって目下の問題は、今までこの食堂の二階部分に間借りしていた小春の住む場所らしい。

「まず、建物が四階以上であること。侵入強盗は、やはり三階以下の建物が狙われやすいんだ。それで、テレビモニター付きインターフォン、オートロック、駅から近いこと、周辺の環境がよいこと……治安がある程度よいとされる場所であるのは大前提だけどね」

　黙り込む小春をよそに、閑は次々に、部屋の間取りをプリントアウトしたものを、封筒から出して並べ始める。

　こうなると、気を配っているというのはかなり抑えた言い方かもしれない。当の小春が困ってしまうくらい、閑は過保護になっていたのだ。

「あの……神尾さん。お気持ちは嬉しいんですが、まだどこで働くかも決まってないし、もう少し後でも大丈夫だと……」

　すると閑は秀麗な眉根を寄せて、小春を見上げた。

「なにを言ってるんだ、小春ちゃん。いい部屋はすぐに埋まってしまうんだよ。せめておおよその場所くらいは決めておかないと」

「でも、神尾さんが紹介してくださる物件は高すぎるので……」

そうなのだ。閑が持ってくる物件は、どれも小春がひとりで住めるような部屋ではないのである。ここ一週間、彼が『これはどうだ』と見せてくるのはそんなものばかりで、善意だとわかっているからこそ、小春はほとほと対応に困っていたのだった。

「高すぎるって……」

閑は納得いかないような顔をして、その場にすっくと立ち上がった。

「でも、小春ちゃんの安全が――」

「心配しすぎですよ。子供じゃないんだし……。私、大人です。なんでもひとりでできます」

小春は急須に沸騰したお湯を注ぎ、お盆にのせてカウンターの外に出ると、閑の隣に立って、ゆっくりとお茶を淹れる。

「どうぞ」

湯呑みを閑の前に置くと、「ありがとう」と閑はうなずき、また椅子に腰を下ろした。

小春の意見を聞いて、少し反省したのか、軽く目を伏せため息をついた。

「――確かに少し、俺は余計な心配をしていたかもしれない」

「そうですよ」

やっと気づいてもらえたようだ。小春はお盆を抱えて、閑を見下ろした。

「二年分の貯金もありますし、仕事と一緒に住む場所も探します。それに、いざとなったらシェアハウスっていう手もあるかなって……」

「シェアハウス!? それはダメだ、絶対にダメだ」

おとなしくなっていたのは一瞬だった。小春の発言に、閑は一気に眉を吊り上げる。

「別にすべてのシェアハウスが悪いとは言わないけれど、やはり見ず知らずの人間同士が一緒に住むんだ。トラブルは多い。だからダメだ」

「えっ……」

ああ言えばこう言う閑に、小春は反射的に言い返してしまった。

「もうっ……だったらどこが安全なんですか？ 私のお給料の範囲内で、神尾さんが安心できる場所って、ありますか？」

言った瞬間、しまったと思った。

自分から部屋を探してくれと頼んだわけではないが、神尾は百パーセント善意でやってくれているのだ。

閑のくっきりとした二重の目が大きく見開かれるのを見て、小春は落ち込んだ。

（ああっ、もうっ……！ 私ったらついむきになってしまって……反省だ……）

お盆を胸に抱えて、深々と頭を下げる。

「神尾さん、ごめんなさい……！」

だが彼から返ってきたのは予想外の言葉で——。

「そうか、その手があった」

「えっ……？」

「俺の部屋」

「はい……？」

閑はにっこりと笑って立ち上がると、小春の肩に手をのせて、その端整な顔を近づける。

「俺の部屋に来ればいい。おいで、小春ちゃん。俺と一緒に住もう」

（えっ……えええっ……えええーっ‼）

「一緒に住もうって……そんな……えっ……？」

なにを言われたのか本当にわからない。

小春はぽかんと口を開けたまま、ものすごくいいアイデアを思いついたと言わんばかりに上機嫌の閑を見上げる。

「私と、神尾さんがですか？」

「ああ、そうだ」

閑はニコッと笑って、しっかりとうなずいた。

「まぁ、いきなり言われても困るか……」

自分の顎のあたりを指先で撫《な》でながら、少し考えるような仕草をした後、

「とりあえず、今からうちを見に来たらいい」

と、また突然すぎる提案をしてきた。

「えっ……？」

「よし、行こう！」

「ええっ⁉」

閑は小春の腕をつかんで、そのまま店を出る。

「あっ、ちょっと待ってください、とりあえず店を閉めるので！」

慌てて鍵をかけ、手を引かれるがまま、閑と店を離れて大通りへと向かう。

「俺は毎朝自転車で、雨の日は地下鉄なんだけど」

閑はそう言いながら、サッと手を挙げてタクシーを止めた。

「はい……知っています」

自転車には疎《うと》いのでさっぱりわからないが、閑が白いクロスバイクを通勤に使って

いるのは知っている。店の前を掃除していて、通りの向こうに、颯爽《さっそう》と自転車でやってくる彼を見かけた日は、一日嬉しかったものだ。

そんな、ささやかな毎日を大事にしていた小春からしたら、この状況はまったくもって理解しがたい。

（私が、神尾さんと、一緒に住む⁉）

何度考えても、おかしいことこの上ない。

閑とタクシーの後部座席に並んで座っても、それ以上先を考えることを、脳みそが拒否している。そのくらい小春は完全にテンパっていた。

「ここだよ」

「はっ、はいっ！」

閑の掛け声にハッと我を取り戻した小春が、タクシーから降りて見上げたのは、まるでホテルのようなたたずまいの、高層マンションだった。

（おっきい……！）

エントランスに足を一歩踏み入れると、広々としたラグジュアリーな空間が、目の前に広がる。

フロアの中心には、大きなソファーセットが三つほど置いてあり、奥にはホテルのフロントのような受付カウンターがあった。そして向かって左手には、エスカレーターが二基設置されている。おそらくエレベーターは上階にあるのだろう。

地下鉄の駅から徒歩五分もかからない立地であるにもかかわらず、マンションの周囲は広々と緑が広がっている。

（とんでもない高級マンションだ！）

小春は、いつもエプロン姿の自分を恥じているわけではないが、さすがに圧倒されてしまった。

「さ、行こう」

手を引かれてエスカレーターを上がると、目の前にはまたカウンターがあり、スーツ姿の男性が、「神尾さま、おかえりなさいませ」と声をかけてきた。コンシェルジュが待機しているようだ。

「ただいま」

閑は男性に向かってにっこりと笑い、エレベーターのボタンを押す。

「俺の部屋は二十二階。基本的に寝に帰るだけなんだけど……夜景がきれいらしい」

「ねっ、寝に帰るだけ⁉」

小春は目を剥《む》いた。

ない。

「まぁね……毎日忙しいし」

気軽な調子で肩をすくめる閑だが、確かに弁護士は激務だ。そういうものかもしれない。

（でも……ここ、家賃いくらくらいするんだろう……三十万円近くしそうだけど……）

下世話と思いつつ、そんなことを考えているうちに、乗り込んだエレベーターが二十二階に停止する。

「さぁ、我が家へようこそ。っていっても、小春ちゃんも住むようになるんだけどね」

「なっ……なりませんよ、そんなの……！」

ここにきてようやく、一緒に住まないという自己主張ができた小春ではあるが、肩を抱かれてそのまま部屋に連れ込まれてしまった。

しかし――。

「えぇーっ！　なんだか思ってたのと、ちがーう!!」

閑に渡されたスリッパを履いて、部屋に足を踏み入れ、小春は絶叫した。

一緒にいるのが、憧れの男であり、その憧れの男が暮らす部屋に一緒に住もうと言われた時の気持ちは、少なくとも吹っ飛んだ。

「なんですか、この部屋！」

部屋の間取りは3LDKに、ウォークインクローゼットがついている。リビングダイニングはひと続きで、おそらく二十畳くらいの広さがある。

だが本来の床が見えない。脱いだ服、広げた新聞、中身が取り出されていないスーツケースが三つ、そしてボストンバッグ。なぜかテーブルの縁にきれいに並べられている、ビールの空き缶。とにかくひどい有り様だ。

「こんないいお部屋がかわいそうですっ！」

「うん……まぁ、俺、掃除が壊滅的に下手で……っていうか、できなくて……」

閑はあはは、と嘘っぽく笑いながら、己の髪をぐしゃぐしゃとかき回す。

「週に一度は、えーっと、お、弟……弟に片付けてもらってるんだけど、先週たまま、弟が来られなくてね。こういうことに……」

「はぁ……」

小春は呆然としながら、おそるおそるキッチンの方向を見つめる。

だが、キッチンにはなにもなかった。こういう場合、汚れた食器が積み上がっているものだが、なにもない。ただ、使っている気配もゼロだ。

すると閑が小春の視線の意味を読んだのか、真面目な顔でささやく。

「料理しないから、生ごみはないよ。食事は基本的に外食だし。その……弟から、生物だけは持ち込むなってきつく言われてるからね」

「はぁ……」

そんなことをキリッとした顔で言われても困る。本当に言葉が出てこない。

そんな小春を見て少し焦ったのか、閑は聞いてもいないのにペラペラと話し始める。

「俺、掃除、洗濯、炊事、全部苦手……っていうか」

「いや、苦手ってレベルじゃないですよ。間違いなく、マイナス一万点です」

なまじっか、それ以外が完璧なために、落差がひどい。

ぴしゃりと小春が言い放つと、閑がぐっと息をのみ、それから「はぁ……おっしゃる通りです……」とため息をついた。

「どうせ俺は仕事で忙しいし、休みもあってないようなもんだし、このままでもいいやって思ってたんだけど、やっぱり小春ちゃんの反応を見るに、人としてまずいことがわかった」

「あ……失礼なこと言って、すみません……」

衝撃のあまり、思わず思ったことを口にしてしまったが、マイナス一万点なんて、憧れの男に向かって言うセリフではない。

ペコッと頭を下げると、「いや、いいんだ。はっきり言ってくれてよかった」と、閑は微笑む。

「で、ものは相談なんだけど。この部屋をいつもきれいに、人が住めるようにしてくれないかな」

「え？」

「ひとり暮らしをしながら仕事を探すのもいいけれど、大事な貯金は切り崩さないほうがいい。だからここは、俺と取引をしようってこと」

閑はにっこりと笑って、長身を少し折り曲げるようにして、小春の顔を正面から覗き込んできた。

「仕事が決まって、それから新しいところに引っ越すまで、どこの誰かわからない人とシェアハウスに住むくらいなら俺と住もう」

「神尾さん……」

「もちろん、紳士であることを誓うよ。これは契約だ。俺は君に住む場所を提供する。その代わり、小春ちゃんはここを人並みにきれいにして、住めるようにする。どうかな？」

閑の美しい瞳は、まっすぐに小春を見つめていた。そこにはなんの裏もない、純粋な善意しか見えない。紳士もなにも、そもそも彼ほどの男が、自分をどうこうする必要などどこにもないのだ。

小春は、彼にとって馴染みの食堂で働いているだけの娘で、これはただの親切なのだから。

「――わかりました」

小春がうなずくと、閑がパッと笑顔になる。

「ほんとに？」

「はい。新しい仕事が見つかるまで、どうぞよろしくお願いいたします」

不安がないわけではないが、自分は、能力が壊滅的に偏っている閑の日々の生活を、少しばかりよくするだけ。住み込みのメイドと思えばいいのかもしれない。今までだって、中本の自宅兼店舗に住み込みで働いていたのだ。同じようなものだ。

それにこの部屋がきれいになることは、閑にとっても悪いことではないはずだ。

そう思うと、ふっと体から力が抜けた。

（よーし……本来の部屋になにがなんでも戻してやるぞ！）

小春は、混とんとしたエリート弁護士の部屋を見回しながら、ある種の闘志を燃やし始めたのだった。

甘い、一夜のあやまち

閑との同居話は、周囲の反対もなくとんとん拍子に進んだ。

もう少し反対されるものかと思っていたが、それどころか、なぜか、商店街では周知の事実になっていて、

『あらあらまぁまぁ、聞いたわよーっ！』

『よかったわねえ！　しーちゃん、病気になったらそのまま孤独死するんじゃないかと思ってたけど、小春ちゃんがみてくれるなら安心だね！』

『ほら、この大根持ってけ！　はっ、同棲じゃない⁉　似たようなもんだろうがぁ～！　いいから、いいから！』

と、肉や野菜を押しつけられるという、わけのわからない展開になっていた。

（同棲じゃない、今まで同様、間借りだって言ってるのに……！　ほんとにもう……中本のおじさんもおじさんだよ、『これで安心だーっ』て……いや、心配してくれてるのはわかるけど……）

小春は商店街での買い物を終えて、レジ袋を持ち、とぼとぼとなかもと食堂へ戻る。

辺りはすっかり日が落ちているが、師走《しわす》に入って商店街は活気に満ちていた。

（こういう景色、好きだなぁ……）

小春はほのぼのした気持ちになりながら、忙しそうに働く商店街の人たちや、買い物にいそしむ人たちを眺める。

十二月に入り、少しずつ食堂の整理は続いている。営業も同時進行ではあるが、大晦日に閉店するという大将の目標は達成できそうだった。

「ただいま〜」

がらりと店の戸を開けて帰ると、大将が大鍋におでんを煮込んでいた。

「おじさん、それ誰かの注文？」

毎年、冬の時期に大量に作る大将のおでんは最高においしく、商店街でも大人気なのだ。今はランチしか提供していないので、おそらく注文だろうと思ったのだが、

「おう、小春ちゃん。ちょうどよかった。これ、後でプリンスのところに持っていってくれよ」

と、軽快な調子で言われてしまった。

プリンスとはもちろん閑のことだが、小春は首をかしげる。

「持っていくって、事務所に？」

「この一週間、メシも食いに来ねえだろ？　毎晩遅くまで明かりがついてるみてぇだしな。出張だとは聞いてねぇし、心配だから、これ食べさせてやってくれ」

「――はい」

小春はこくりとうなずいた。

師が走ると書いて師走と読むくらいだ。弁護士の閑も例外ではなく、目が回る忙しさらしい。

（確かに、同居しようってなってから、顔を見たのは数回だけだわ……）

ほんの数週間前の出来事なのに、なんだか遠い昔のことのような気がする。

明日の仕込みの手伝いをしたその後、出来上がったおでんを保存容器に詰め、歩いて数分の雑居ビルにある槇法律事務所へと向かう。時間は夜の八時を回っていた。

槇法律事務所は、下町情緒あふれる風景と、近代化が進んだ建物の隙間に建っている、五階建てのアールデコ風のビルの二階にある。階段を上ったつきあたり、『槇法律事務所』と書かれたプレート付きのドアを開けると、L字形のカウンターがあり、デスクが六つ並んでいる。

小春も過去何度か、ランチの出前でここに来たことがある。だが昼間の景色と、夜の景色はまるで印象が違う。

「こんばんは」

部屋の中は煌々《こうこう》と明かりがついているが、なぜか人の気配がない。

遅い時間なので、事務員さんたちは帰ったのだろう。それでも閑はいるはずだ。

「あの～……？」

遠慮しながら、部屋の奥を覗き込んで、ハッとした。デスクの横に置いてあるソファーに、テーブルを挟んでふたりの男が大の字になって伸びているではないか。

黒いスーツと、ネイビーブルーのスーツ。

おそらくネイビーのほうが閑で、黒いほうがこの事務所の所長である、槇だろう。

ふたりとも手足が長いので、三人掛けのソファーでも完全にはみ出しているが、顔を覆うようにして新聞や雑誌をかぶっているので、仮眠を取っているのかもしれない。

「あの……これ、ここに、置いておきますね……」

小春は後ずさりながら、持っていた紙袋をそーっと、入り口のカウンターの上に置き、すぐそばにあったメモ帳とペンに、さらさらとメモを残す。

「なかもと食堂からの……差し入れです……っと。よし」

ふたりを起こさないように静かに出ようと思ったのだが――。

「うわあぁっ……！」

突然、静寂を切り裂く悲鳴に似た叫び声があがって、

「きゃーっ！」

それに驚いた小春も、反射的に叫んでしまっていた。

「うわーっ、って、なにっ⁉ うわっ……！ いってえっ……！」

小春の声に驚いたらしい声が事務所内に響き、ガタガタと激しい音がした。

首を伸ばしてみれば、ネイビーブルーのスーツ姿の閑が、床に這いつくばっていた。

どうやらソファーから落ちたようだ。

「あ……あの……大丈夫ですか……？」

小春がおそるおそる問いかけると、少しぼうっとした顔の閑が顔を上げ、小春を見て、目を大きく見開いた。

「あれ、小春ちゃん……？」

「あの、すみません。これ、差し入れを持ってきて、帰るところだったんですけど……悲鳴を聞いて、驚いてしまって……」

「ああ……悲鳴……っていうか、師匠がうなされたんだな。寝言だよ」

閑はうんうんとうなずいて、膝のあたりを手で払いながら、ゆっくり立ち上がった。

（うなされた……？ 今のが、寝言？）

そうさらっと流していい話ではなさそうだが、やはり仕事柄大変なストレスもあるのだろう。

「師匠、師匠！」と、閑が豪快に彼の肩のあたりを揺さぶる。

「起きてくださいっ！」

「んあ〜……」

そこでようやく、もうひとりの男が上半身を起こし、ソファーに座り直す。

「いつ寝たんだ、俺たち……？」

「黒坪《くろつぼ》さんたちが帰った記憶があるので、五時以降ですかね」

閑があっけらかんと答える。

黒坪さんというのは、この事務所の事務員で、みんなのお母さんといった感じの、五十代の頼りがいのある女性だ。

閑の言葉に、槙は「マジか……完全に気を失ってたな。無駄な時間を過ごした」とため息をつく。

槙は閑ほどではないが、百七十センチ後半の長身で、少しやせぎすのワイルドな風貌をしている。くたびれているが、妙に色気があり、正直言って、弁護士には見えない。あえて言うなら、隠れ家的バーのマスターのような、不思議な雰囲気がある。

生まれ育ったこの町で十年前から事務所を開き、下町の法律屋さんとして、時には採算度外視で、親身になって法律相談を受けている、誰からも尊敬されている男だった。

「あの……これ、まだ温かいので、よかったらどうぞ」

「ん？　ああ、小春さんか。いい匂いがするなぁ……もしかして大将のおでんか？」

「はい。たくさんあるので、残りは冷蔵庫に入れておいてくださいね」

小春がうなずくと、それを聞いた槇がハッとしたように背筋を伸ばす。

「よしっ、今から食べよう。思い出したけど、朝も昼も食ってなかった。閑、お前も食うだろ？」

「ああ……そうですね。確かに俺は、持って帰ったらダメにしちゃいそうだし」

それから閑は、カウンターの前で立ち尽くす小春の前にやってくると、神妙な面持ちで顔を覗き込んできた。

「小春ちゃんは、もう夜ごはん食べた？」

「いえ、まだです」

戻ってゆっくり、大将のおでんを食べようと思っていたくらいだ。

ふるふると首を振ると、閑がニッといたずらっ子のように微笑む。

「よし、じゃあ三人で飲み会だな」

「三人で、飲み会？」

閑の言葉に、耳を疑った。

なぜ、この状況で〝飲もう〟ということになるのか。

疲れているのなら、おでんを食べ、帰っておとなしく寝たほうがいいのではと思ったが、

「大将には俺から連絡しておこう」

槙がサッと立ち上がって、胸元からスマホを取り出して電話を始める。

「えっと、お皿、お皿……割り箸もあるはず……」

事務所の隅にある簡易キッチンに向かった閑が、ふと肩越しに振り返った。

「小春ちゃん、そこの棚からグラス取ってくれるかな」

「あっ、はい……！」

つい流されるがまま、閑の指示に従ってしまったのだった。

それから三人で、事務所のソファーで、ビールを飲み、大将のおでんを食べる会が始まった。

槙の個室には冷蔵庫が備わっており、ちょっといいビールがぎっしり入っている。ほとんどが贈答品らしい。ビール党の小春は、それを見て素直に喜んでしまった。

「俺さ、酒は断然ビールなんだ」

「あっ、槙先生、私もです。ワインも日本酒も焼酎もそれほど飲めなくて……でも、ビールならおいしく飲めます！」

えへへ、と笑いながら、隣でモグモグとおでんのコンニャクを頬張る閑を見つめる。

「神尾さんもそうですよね。部屋にビールの缶、ずらっと並んでましたもん」

初めて彼の部屋に連れていかれた時は驚いた。あの後、さっそく部屋を掃除しようとしたのだが、閑に『まだ契約前だから！』と断固拒否されたのだ。

「うん、俺も小春ちゃんと一緒だな。ほかの酒も飲めないことはないけど、断然、ビール。そして必然的に、部屋に缶がたまるんだよね……。なんなんだろう。あいつ……増殖してないかな？」

不思議そうに閑が首をかしげるのを見て、小春は笑ってしまった。

（増殖って、かわいいこと言うんだな……っていうか、神尾さんのお部屋どうなってるんだろう。掃除したのかなぁ……。弟さんがたまに来るって言ってたから、弟さんがしたのかな？）

「そういや一緒に住むんだっけか?」

ふたりの会話を聞いて、テーブルを挟んだ向こうの槙が、思い出したように閑に問いかける。

「ええ。ルームシェアをする予定です」

大したことではないと言わんばかりに、さらっと答える閑だが、それを聞いて槙は
ソファーの背もたれに肘を置きながら、いぶかしげに眉をひそめた。

「昭和生まれのおっさんには理解できんよ。男女でルームシェアなんてなぁ……。

まぁ、双方成人済みだし? そういうことになったとしても、まぁ、そういうもんか
と思うだけだけどよ~……」

「そっ、そういうことって……」

びっくりして、思わず小春は口に出してしまった。

いや、槙の不安もわからなくもない。一応若い男女なのだから、一緒に住んで、な
にか問題があったらと考えて当然だろう。だが、閑はそうはならないと思っている。

だから小春に、『一緒に住もう』などと言い出したのだ。

そして小春も、自分がこっそりと彼を想っている分には迷惑をかけることもないは
ずだと考えているので、今はルームシェアも、少し楽しみにしているくらいだ。

（まぁ、あとはお父さんに、どう説明するかってことくらいだけど……）

とにかく父は娘の自分に甘い。幼い頃から、仕事や離婚のことで寂しい思いをさせたと、今でも思っているようだ。

だが、帰ってくるものと思っている娘が、帰ってこずに、男性と一緒に住むと言い出したら、話は別だ。簡単に受け入れてもらえる気がしない。

それでも小春は、年末に帰省した時に父に話すつもりだった。

（別に一生、東京にいるわけじゃない……ただの思い出作りみたいなものだわ）

本人にマイナス一万点と言いはしたが、それで閑の魅力がなんら欠けるわけではない。自分の平凡な人生で、ほんの数カ月でも、好きな人と暮らしたという思い出があったってばちは当たらないだろう。

「なんですか、〝そういうこと〟って。変なこと言わないでもらえますかね」

そして一方、閑も不満そうに箸を置くと、テーブルの上に置いてあるビールの缶を、あおるようにして飲み干した。

「俺も小春ちゃんも、ちゃんとした大人なんですから。変な邪推はやめてくださいよ」

「へぇへぇ……わかったよ」

槇は肩をすくめて、また新しくビール缶を開ける。

「でもまぁ、〝遠くて近きは男女の仲〟なんだがなぁ……」

男女の仲は、遠く離れて見えても、意外にも簡単に結ばれるということわざだ。

(まさか私たちに限って……)

小春はふふっと笑いながら、テーブルの上に〝増殖〟し始めた空き缶を片付けた。


そう、自分たちに限って。

小春も閑も、間違いなくそう思っていたはずだ。

気が付けば時計の針は深夜を回り、槙は姿を消していて、ふたりで『とりあえずゴミをまとめよう』と、ゴミ袋に缶を集めていて。流し台で食器を洗っていて……。

気が付いたら、隣で、小春が洗ったコップを拭いていた閑の唇が近づき、重なっていた。

驚き心臓が止まりそうになったが、一方で、胸はときめいた。

腕をつかまれているわけでも、なんでもない。ただ隣の閑が、顔を近づけてキスしただけだ。

「……小春ちゃん……」

唇から、耳へと移動する彼の唇と吐息に、小春の全身に甘い痺《しび》れが走る。

このキスで、閑を責めることはできない。

自分だって、ゴミを集めながら、ネクタイを外し、ワイシャツのボタンをひとつ外した閑の横顔を、『なんだかいつもと違うみたい……色っぽいな』と見ていたのだ。

あの手首に触れてみたい。大きな手に、頬を撫でられてみたい。いつか、背中を撫でてくれたように、全身を撫でてもらいたい――。

そういう目で見ていたのだ。

そんな不埒《ふらち》な気持ちを胸の奥に隠しながら、けれどはっきりと、そういう目で、閑を見つめていたのだ。

誰よりも聡い閑が、そんな自分のよこしまな気持ちに気が付かないはずがない。

お互い、手にはまだ食器を持ったまま。不自由な状態で、重ねては離れ、また口づけている。

(頭が、ぼうっとする……)

深夜の事務所はとても静かで、お互いのかすかな息遣いしか耳に入らない。

しばらくそうやって唇を重ねて、唐突に、カチャリ、と閑が持っていたグラスを手元に置いた。それを見て小春も、拭いていた食器を置いていた。

双方両手が自由になると、自然に、体が近づいていた。

閑のたくましくて広い背中に手のひらを這わせる。サラサラしたワイシャツの触感に、めまいがした。薄いシャツ越しに感じる閑の体に、鼓動がおさまらない。

もっと、もっと触れたい。

「ん……っ」

閑の腕に体を引き寄せられて、深く口づけられた小春は、声をあげた。

身長差で、キスをするだけでかなり上を向かなければならない。

髪をまさぐられて、髪留めが床に落ちるが、どうでもよかった。

そして彼から与えられるキスは激しくなる一方で――。

「もっと……触れたい……」

閑が熱っぽくささやくのを、小春は無言で見上げる。

目は悪いほうではないのだが、目の前にいるはずの閑が淡く滲んで見える。

きっと興奮して、瞳孔《どうこう》が開いているんだと、そんなどうでもいいことを考えながら、小春はうなずいた。

次の瞬間、体がまるで米俵でもかつがれるように宙に浮いた。そのまま閑の手によって、軽々とソファーへと運ばれる。

驚いたし、まるで泥棒だと思ったが、こんな上品でハンサムな泥棒はいないだろう。

「……全部脱がせていい？」

ソファーの上で、乱れた前髪の奥から、閑が燃えるような目で自分を見つめている。

そんな彼を前にして、『ノー』という選択肢はここにはない。

ゴミ捨てもできない閑の美しくて長い指が、器用に小春のセーターを脱がせ、その下の、シャツのボタンを外していく。

「あっつ……」

そして閑はかすかに苛立ったようにつぶやきながら、自分のシャツのボタンを外し、剥ぎ取るようにして脱ぎ捨てる。すぐさま、蛍光灯の明かりの下で、たくましい彼の上半身があらわになる。まるで彫刻のようだ。

（うわぁ……！）

小春は、ソファーに横たわったまま、自分の体の上に馬乗り状態の、閑を見上げた。

長い手足に、筋肉質な体。どこをどう見ても完璧だ。どちらかというと甘めで、優美ですらある閑の顔の下は、鋼《はがね》のようにたくましく、美しかった。

それを見て、これまでずっと、熱に浮かされたようになっていた小春に、一気に理性と、羞恥心《しゅうち》が押し寄せてきた。

とっさに両手を十字にして顔を隠すと、

「……なんで隠すの？」

と、閑が目を細めて微笑みを浮かべる。

「だっ、だって……恥ずかしくて……」

あまりにもきれいな人の前で、いたって平均的な自分がすべてを晒《さら》すなど、おこがましい気がした。

「そっか……」

それを聞いて、閑はああ、とうなずきはしたが、

「でも、俺、電気は消さないから」

と、言い放った。

「なっ、なんで？」

紳士で優しい閑なら、きっと気遣ってくれると思ったので、小春は素でびっくりしてしまった。

「恥ずかしがるところが見たい」

「えっ……」

まさかの返答に、顔にどんどん、熱が集まる。

「恥ずかしがりな君が、俺に抱かれてどんな顔をするのか、すげぇ、見たい……」

そして閑は、小春の手首をつかむと、そのまま万歳をさせるように顔から引きはがし、ソファーの上に押しつける。

「俺に火をつけた、責任をとって……」

低い甘い声は、かすかにかすれていて。くっきりとした二重まぶたの目は、濡れたようにキラキラと欲情に輝き、しっかりと小春を見つめていた。


（大変なことを……してしまった……！）

閑の腕の中から、そっと抜け出し、小春はソファーから下りる。床の上に散らばっていた下着や洋服を身につけて、それからこっそり、閑を振り返った。

気が付けば、時計の針は深夜三時を過ぎている。

何度か抱き合った後、閑は『仮眠用の毛布持ってきた』と笑って、小春をその腕に抱き、毛布にくるまると、そのままストンと、気絶するように眠ってしまったのだ。


（生きてるよね……神尾さん……）

横向きに眠っている閑の口元に、おそるおそる手のひらを持っていく。小春からしたら、激務で疲れているところに缶ビールを十本近く空けて、その後あんなに激しく体を重ねるなど信じられないのだが――。

「よかった……」

指先に触れる温かい吐息に、思わず安堵の声が漏れる。

彼と過ごした数時間は、濃密だった。

裸のまま、ぴったりと隙間なく抱き合うのも、甘い汗の香りも、快感に震えた閑が脱力してのしかかってくる体の重みも、全部、全部が素晴らしかった。

最初は恥ずかしがっていた小春も、閑から与えられる少し意地悪な指先や唇にすっかり理性を飛ばされて、気が付けば閑が見たいものを見せてしまっていた。

ずっとひそかに想っていた男と、体を重ねた。そのことに後悔はない。

だが小春は、違うことが気になっていた。実に真面目な表情で、唇をぎゅっと噛みしめる。

自分は彼にどんな風に思われたのだろう。

最中に何度も、彼に『もっと』とおねだりしなかっただろうか。もちろん閑のリードがあってのことだが、普段の地味でおとなしい自分とは信じられないくらい、大胆に振る舞った気がする。

『――小春……そういう顔するんだ……めちゃくちゃ興奮する』

閑がそうささやいて、小春の首筋に歯を立てた時、もっとしてほしいと、言ったような気がする。

断片的に、思い出した記憶の連続に、小春は心の中で叫び声をあげた。

（なんでなの？　私、初めてだったのにーっ！）

そう、小春は〝初めて〟だった。だが初めてと言い出せないまま彼に抱かれて、結局最後まで言えなかった。

女子高からそのままエスカレーター式に女子大を出た小春は、『初めては大変』とだけ、周囲の友人から聞いていた。だが、大変どころかものすごくスムーズに事が終わり、むしろ記憶が吹っ飛ぶくらい甘くとろけるように愛されて、完全に言い出すきっかけを失ってしまったのだ。他人が聞けば、子供っぽいと笑うかもしれないが、それがなぜか、ひどく恥ずかしかった。

（そうだ……とにかくこの場は逃げよう。そうしよう！　目が覚めた神尾さんに、どんな顔をしていいかわからない！　っていうか、初めてだったのも知られたくないし、全部忘れてほしい……！）

小春はざっと部屋の中を見回す。

とりあえずゴミは片付いている。閑は裸で眠っていて、戸締まりは気になったが、布団にくるまっているので、大丈夫だろう。

（ごめんなさい、ごめんなさい！　身のほど知らずでごめんなさい！）

小春はそっと抜き足差し足で、事務所を抜け出し、深夜の商店街をまっすぐに走り抜けたのだった。


その日、小春は当然眠れないまま朝を迎えた。

ベッドの上に膝を抱え、壁にもたれかかり窓の外を眺めていた。

カーテンの隙間から朝陽が差し込んで、頬を照らすまで、ずっと——。

（うん……とりあえず昨晩のことはしらばっくれよう……）

それが数時間考えて、小春が出した結論だった。

昨晩のことは、小春にとっては夢のような一夜だったが、その後のことは、どう考えても閑に迷惑がかかる。

恋人同士でもないのに、そういうことをした——。褒められることではない。

もちろん、閑に淡い恋心を寄せていた自分にはまったく後悔はないが、閑は違うはずだ。

（きっと、長年知っている私と、そんなことをしてしまったって、後悔してるはず）

閑を困らせたくない。それは小春の一番の願いだ。

だったら、なかったことにするしかない。

「よしっ……」

小春はベッドから立ち上がり、ぺちぺちと両手で自分の頬を叩いて、気合いを入れる。

部屋を出てシャワーを浴び、身支度を整えて階下に下りると、時間はちょうど七時になる頃だった。

大将はすでに起きていて、店のキッチンで朝ごはんを作っている。朝は、昼の仕込みもしているので、店で食事をとるのが日課だ。

ふんわりとお味噌汁のだしの匂いがして、急激にお腹が空いてきた。

「おはようございます」

「おはよう、小春ちゃん。魚焼けるよ～」

「はーい。お皿、出しますね」

こうなればいつもの朝だ。

（昨日のことは忘れて、いつも通り過ごせばいいわ）

その次の瞬間――店の戸がガンガンと叩かれた。

「すみません！」

続いて焦ったような男性の声がする。

「ん？　なんだ？」

調理場で魚を焼いていた大将が、不思議そうに首をかしげるが、小春は飛び上がらんばかりに驚いた。

その声に聞き覚えがある。

「えっ……なんで……」

慌てて店の戸に向かい、鍵を開けると、

「小春ちゃん！」

と、男が店の中に飛び込んできた。

Vネックのセーターにジーンズ、レザースニーカーという姿の閑は、髪はボサボサだが、そのラフな雰囲気が、甘い顔立ちによく似合っている。

一瞬、スーツじゃなくても素敵だなぁと思いかけたが、それどころではない。

「かっ……神尾さんっ……？」

まさか閑が、朝一番で店にやってくるとは思わなかった小春は、硬直してしまった。

「小春ちゃん、話があるんだけど」

一方、どこか感情を押し殺したような様子の閑は、それでも熱っぽい澄んだ瞳で、じっと小春を見つめる。

「話って……えっと……」

当然、昨晩のことに決まっているのだが、ここでできる話でもない。

とりあえず後でと言うべきか、それとも彼を連れて店を出るか、だがどこで話をしたらいいのかと、じりじり後ずさりながら考えていると、

「おっ……なんだプリンス、朝一番から血相変えてよ～」

カウンターの中から、この場で唯一能天気な大将がワハハと笑いながら手招きする。

「せっかくだ。朝メシ食っていけよ」

「えっ……？」

小春は目を丸くして、カウンターを振り返ったが、閑は一瞬口ごもり、それから
「ごちそうになります」と頭を下げた。

閑は朝からたくさん食べた。ランチに来る時は普通に一人前しか食べないし、昨晩はビールがメインでおでんはつまみだったので気づかなかったが、どうやらかなりの大食漢らしい。育ちがいいのか、箸を持つ姿が美しいので、実にさわやかだ。

「朝からもりもり食うなぁ～！」

すでに食事を終えた大将が、楽しそうにアッハッハと笑いながら、小春が淹れたお茶を飲んでいる。

四人掛けのテーブルの上には、白いごはんと焼いたサバ、大根の味噌汁にお漬物が並んでいる。

小春は中本の隣で、目の前に座る閑を、お味噌汁を飲みながら、ちらりと見つめた。

「すみません、おいしくて」

そう答える閑からは、店に来た時の、どこか張りつめたような空気は消えていた。いつものニコッと優しい笑顔に、小春はホッとしたものを感じていた。

「朝から機嫌よくメシを食える奴に悪い奴はいねぇ。よし、小春ちゃん、後片付けは任せたぜ～」

大将は椅子から立ち上がって、そのまま食堂の戸口へ向かう。

「えっ、おじさん、どこに行くのっ⁉」

「商店街の寄り合い～」

「こんな時間に⁉　あっ、おじさんっ……」

小春は慌てて後を追おうと立ち上がったが、中本はそのまま店を出ていってしまった。

きっと中本は、閑の早朝の来訪に、なにかを感じ取ったのだろう。この下町の商店街で、たくさんの人たちが行き交う食堂を経営しているだけのことはある。

「……もう」

気遣いに感謝しつつ、小春はストンと椅子に座り直し、いつもより時間をかけて、朝食を平らげた。

「お茶、どうぞ」

「ありがとう」

食事を終えて、お茶を淹れ、ふたりでカウンターへと移動する。

小春の右隣に座った閑はゆっくりとお茶を飲んだ後、じっと小春を見つめた。

「――じゃあ改めて、昨日のことだけど。まず目が覚めて、小春ちゃんいないから、めちゃくちゃびっくりしたんだけど」

「やっぱり……覚えてたんですね」

都合よく、酔って忘れていたことにならないかとひそかに願っていたのだが、どうやらそうはならないらしい。

小春はうつむいて、唇を噛みしめる。

「当たり前だろ。ビールくらいで記憶をなくしたりしない」

閑が少し憤慨したように答える。だがすぐに、表情を引きしめて、首を振った。

「大事なのはそこじゃない。俺は、小春ちゃんのこと――」

「忘れてくださいっ！」

閑がなにかを言い終える前に、小春は先に、そう叫んでいた。

「え……？」

閑が驚いたように目を見開く。

だが、小春は、どうしても目の前にいる閑の口から、その先は聞きたくなかった。

(『小春ちゃんのこと、好きじゃないのに、抱いちゃってごめん』なんて、聞かされたら、私ちょっと立ち直れないよ……！)

すべて納得済み、今さら昨夜のことを後悔しないと思っていても、さすがに本人に直接そんなことを言われたら、つらい。

(だから……なにも言わないでほしい)

小春はそう思いながら、相変わらず黙り込んだままの閑を見つめ、言葉を選びながら、口を開く。

「昨日の夜のこと、なかったことにしてほしいんです……」

「なかった、こと……？」

小春の言葉をそのまま繰り返す閑の表情が、みるみるうちに暗く陰ってゆく。人のいい彼のことだから、忘れてくれと言われて、謝罪の行き場がなくなり、困っているのだろう。そう思うと、余計に切なさが募る。

だがどうしても、小春は昨晩のことを閑に謝られたくなかった。

（そんなの切なすぎる……）

小春は唇を噛みしめて、うつむいた。

「わがままかもしれないけれど、私、神尾さんには今まで通り、普通に……接してほしいんです……。ダメですか？」

そんなわがままが通るとは思えないが、彼との他愛ない日常は、諦めきれない。店がなくなるまであと少し。そうすれば接点はなくなる。閑と過ごせる時間は短いとしても、いい思い出だけが欲しかった。

「小春ちゃん……」

どこか切なそうに、閑が名前を呼ぶ。

どうも小春の言葉がすぐに消化できないようだ。

いつも饒舌な閑だが、小春の意思を聞いて、「でも……」と、何度か口を開きかけては閉じてを繰り返す。そして、きれいな長い指で、少しくせのある明るい髪をかき回した後、観念したようにうなずいた。

「――わかった。それが君の望みなら」

その瞬間、小春の胸に安堵が広がった。ああ、よかったと本気で思った。

「ありがとうございます」

小春はホッとして、頭を下げたが、

「でも、同居はするから」

という閑の言葉に、思考回路が停止してしまった。

「えっ……？」

どう考えても、ご破算になるのが普通だと思うのだが、閑は同居はすると言う。

「昨晩のこと、なかったことにするなら、同居話もそのまま継続だろ……。っていうか、来週からうちに来て」

「い、いや、でも……」

「うちの師匠が、昨晩中本さんから聞いたんだけど、大晦日まで営業をするにしても、週に三日の営業に切り替えるそうだ。だったら小春ちゃんも、時間ができるだろ？俺の部屋、またかなりその……散らかってきてるし、家のことを頼みたいんだ」

閑が饒舌に、小春に説明を始める。

そういえば昨晩、槇が大将に電話して、小春が事務所に残ることを伝えてくれたと思うが、その時だろうか。

そんなことがあっていいのだろうか。いくらなんでも迷惑ではないだろうか。

「そう言われても……」

小春が即答できずに、視線をさまよわせていると、

「小春ちゃん」

閑は突然手を伸ばし、ぎゅっと小春の手を握りしめた。

「頼むよ……俺を助けると思って」

「神尾さん……」

おそるおそる、閑を見つめる。自分に向けられる目はとても真剣みを帯びていて、小春はまた胸がぎゅっと切なく締めつけられてしまった。

好きな人に助けてほしいと言われて、断れる人間がいるものだろうか。

（ああ……無理だぁ……）

小春は心の中で、白旗をあげる。

彼と体を重ねてしまった今、何事もなかったかのように振る舞うなんて、難しい。

だから同居は自分にとってかなりハードルが高いのだが、仕方ない。一方的に忘れて

くれと頼んで、それを受け入れてくれたのだ。今度は自分が、彼の望みを叶《かな》える番だろう。

「わっ……わかりました。ご迷惑でなければ……」

決死の覚悟でそう答えると、ずっと暗かった閑の顔が、明かりでもついたかのようにパッと明るくなる。

「よかった……」

そして閑は、小春のぎゅっと握った手を引き寄せて、両手で包み込んだ。

「小春ちゃん。じゃあ、よろしくお願いします」

「はい」

閑の手はびっくりするくらい熱かった。

そのぬくもりに、小春はドキドキしながら、しっかりとうなずいたのだった。

エリート弁護士は努力家である

なかもと食堂で朝食をとり、小春と少し話をして、私服のまま槙法律事務所に戻った閑は、一直線に応接ソファーに向かい、ドンッと、身を投げ出すようにして横たわった。

時間は朝の八時を少し回ったところだ。真冬の朝はかなり寒いが、事務所の中は暖かい。

「お前、昨晩大丈夫だったの？」

すでに出勤していた、師匠であり上司でもある槙の問いかけに、閑は、

「大丈夫とはどういう意味でしょうか？」

と、若干ぶっきらぼうに返事をし、クッションを抱きかかえる。

「そのままの意味だけど」

閑の反発なんのその、槙が妙にあっけらかんとした表情で返し、軽く肩をすくめる。

その表情はあきらかに笑いをこらえていて、閑は思わず反発するように口を開いていた。

「こっ……小春……さんとの……同居話は継続ですよ。っていうか、来週から始めますからね！」

「来週？」

なぜそんなことになったのだろうと、槇が目を丸くする。

「えっと……師匠が中本さんと話してたことから推測して……暇なら来週にでも、家に来てほしいと……俺が」

あの時はどうにかして同居にこじつければと必死だったが、おそらく小春からしたら、かなり強引だったに違いない。

閑がゴニョゴニョと言い淀むと、槇は「へぇ～」とまたニヤリと悪い顔になる。

「まぁ、双方の同意があるっていうんなら、いいんだけどな～」

昨晩と同じ、含みのある言葉だ。

「からかわないでもらっていいですか」

若干強い口調になったのは、図星だからだ。実際、まさに、槇の危惧《きぐ》した通りになったのだから。

体を重ねる前に、ああすればよかった、こうするべきだった――。

今さらだが、思い出すだけで、胸の奥がぐっと苦しくなる。後悔と自責の念で潰れてしまいそうだが、自分にそんな権利がないことは、重々承知している。いったいどうしたら小春の信頼を取り戻せるのか、閑は、そのことで頭がいっぱいなのだ。

「あらあら……神尾先生ったら……なにがあったか知らないですけど、そんな子供みたいに拗《す》ねられて……プクク ッ……」

さらに、入り口に一番近いデスクに座っている、事務員の黒坪まで肩を震わせて笑うのを見て、閑は一気に力が抜けた。

そもそも、このふたりを相手にして、業務時間外の、素の自分が勝てるわけがない。人生の先輩であるふたりには、自分など到底足元にも及ばない。

「黒坪さん、笑うのやめてもらっていいですか……。はい、俺が悪かったです。朝から拗ねるのやめます。ごめんなさい」

閑はため息をつき、しぶしぶ上半身を起こした。

「ふふっ……。からかってごめんなさいね。お茶でも淹れましょうね」

黒坪は銀縁の眼鏡を指で押し上げ、「ふっふっふ」と笑いながら、簡易キッチンへと向かっていった。

「はぁ……」

閑は、ソファーの背もたれに背中を預け、天井を見上げる。

(やっぱ俺、嫌われたかな……。いやでも、同居はしてくれるって言ってくれたから、嫌われるまではいってないよな……たぶん……たぶん……)

我ながら本当に最低だと思うが、彼女と体を重ねた昨晩のことはまったく後悔していない。

槙が帰宅した後、少し酔って目の縁を赤くした小春に、潤んだ目で見つめられていることに気づいてから、閑は自分が抑えられなくなった。

閑にとって、小春は出会った時からかわいい妹のような存在だった。だからできる限り、彼女の力になりたいと思ったたし、まったく知らない人間とルームシェアさせるくらいなら、自分のほうがマシに決まっていると、半分保護者のような気持ちでいたのだ。それは本当だ。

『神尾さん……』

けれど彼女に、消え入るような声でささやかれ、じっと見つめられた時、男として、求められている気がした。

その瞬間、閑は〝弁護士〟であることを忘れて、ひとりの男になってしまったのだ。

(保護者？　違う。なに言い訳してたんだ。妹に欲情なんかするわけがない。俺は小春ちゃんが好きなんだ)

だが思い返してみると、小春は誰にでも優しいし、基本的に笑顔だし、感じがいい。決して自分ひとりが特別なわけではない。一方的に、好意を持たれていると思った自分を殴りたくなったし、情けなくてたまらない。

今朝、目が覚めて、彼女がいないことに仰天した閑は、慌てて置きっぱなしの私服に着替え、なかもと食堂に向かった。

いろいろ順番は間違ってしまったが、『真面目に付き合ってほしい』と告げるつもりだったのだ。

そして食堂のドアを開けるまで、恥ずかしいことに、これをきっかけに新しい関係が始まるのだと思い込んでいた。小春に『忘れてほしい』と言われるまで、拒否されるという可能性を万にひとつも考えなかった。

当然、小春の言葉はショックだったが、小春が悪いわけではない。

むしろ自分が、誰かれ責任なく手を出す男だと思われてしまったとしたら、その汚名は返上したい。閑はそう思った。

（抱いてる最中に好きだと思うなんて、俺は馬鹿なのだろうか……いや、思ったんなら、すぐに口にするべきだったんだ……）

小春のしっとりした白い肌。絡みつくしなやかな腕。甘い声に、吐息。

まったく知らなかった彼女の一面に、すっかり夢中になった閑は、素の、妙なエスっ気まで出して、〝弁護士の神尾閑〟ではない顔で、彼女を抱いてしまった。

目を閉じると、今だって思い出さずにはいられないのだが――。

（いやいや、それはまずい）

「よし」

閑はすっくと立ち上がった。

「おっ、切り替えたか？」

黒坪の淹れたお茶を飲みながら、槙が子供のように、椅子の上でゆらゆらと体を左右に揺らし問いかける。

完全におもしろがられているのがわかるが、もう構わない。

「はい、切り替えました」

閑はキリッとした表情でうなずき、「どうぞ」と差し出されたお茶を黒坪から受け取り、ゆっくりと口に運ぶ。

事の経緯を反芻《はんすう》し、問題点を把握。そして改善に向かって努力する。

派手な外見をしているので、昔から勘違いされがちだが、閑はかなりの努力家だ。

大学進学時から弁護士を志していたので、名門私立の法学部に入学した後、法科大学院に通うことなく、狭き門である司法試験予備試験に現役で合格した。そして国家試験である司法試験も一度で合格し、司法修習を終えた後は二十六歳という若さで弁護士登録している。

（とりあえず、少しずつ俺のことを好きになってもらえるよう、頑張ろう……それしかないな）

来週から、小春と一緒に住むことになる。四六時中一緒というわけではないが、チャンスはあるはずだ。

当分の間は、ちゃんとした友人として彼女と向き合い、信頼を得て、それから自分の好意を少しずつ伝える。

とりあえず今は、嫌われなかっただけ、マシだと思おうと、閑は自分に言い聞かせたのだった――。

甘々同居生活の始まり

「今日も、本当に散らかってる……！」

誇張でもなんでもなく、閑が住む高級マンションのリビングルームは、相変わらず散らかっていた。

生ごみがないだけマシだと思うが、整理整頓が苦手というのは本当らしい。脱ぎ散らかした高そうな洋服や、雑誌、新聞、放置されたスーツケースなど、今回も実に片付けがいがありそうではある。

「さて、とりあえず床が見えるようにしないとね……」

小春は持ってきたリュックや紙袋からエプロンと軍手、マスクなどの掃除道具や小物を取り出しながら、ふうっとため息をついた。

来週から一緒に住もうと言われて、半ば押されるような形でオーケーしてしまった小春だが、同居初日である月曜日を迎えて気合いは十分である。

ただ今の時刻は、朝の八時だ。この時間から閑は出勤らしいので、入れ違いにはなるが、閑がいたところで気を使うので、ひとりで掃除できるのはありがたい。

（神尾さん。私たちの間にあったことは、忘れてくれるってことになったし……となれば、私はこの家をきれいにして、神尾さんに最低限の文化的な生活を送らせるために、頑張らないと……！）

気合いも十分に腕まくりをしていると、

「小春ちゃん」

ノータイではあるが、スーツ姿の閑がリビングにひょっこり姿を現した。

「あ、神尾さん。今からご出勤ですか？」

「あ、うん。そうなんだけど……朝から掃除させちゃってごめん」

閑は少しだけ恥ずかしそうにそう言い、小春の真正面に回り込んでくる。

「朝からもなにも……それが私と神尾さんのルームシェアの条件ではないですか」

この部屋をきれいにして、住みやすくする。その代わり、小春はしばらくの間、住む場所を心配しなくてよくなる。だから気にすることはないと言いたかったのだが、閑は妙に真面目な顔で、首を振る。

「だけど、それだけじゃない」

「それだけじゃない？」

ではほかになにがあるのだろう。意味がわからず、小春は首をかしげる。

閑はそんな小春を見てクスッと笑い、それからゴホンと咳払いをした後、小春をじっと見つめた。

「小春ちゃんが、イヤイヤだと意味がないんだ。俺と一緒に住んでよかったって、思ってほしい」

「え?」

その柔らかな笑顔と思いもよらない言葉に、小春の心臓がどきりと跳ねる。

「あとね、今日から一緒に住もうと言っておいてなんだけど、片付かなかったら、当分の間は気にせず帰っていいから。俺、一刻も早く君をここに呼ぶことしか考えてなかったんだけど、師匠とか、黒岩さんに、まず最低限片付けてから呼ぶべきだったって、相当怒られてさ」

閑は苦笑いして、肩を竦めた。

確かに閑の言うことももっともだが、片付けることが同居の条件なのだから、小春はそんなこと気にならない。

「大丈夫ですよ」

「いやでもほんとごめん。じゃあ行ってきます」

閑は申し訳なさそうにそう言うと、そのまま玄関に向かっていく。

「あっ……」

小春は持っていたはたきをいったん床に置いて、彼の背中を追いかけた。

「神尾さん、行ってらっしゃい。お気を付けて」

ごく普通の挨拶をしたつもりだが、玄関で靴を履いていた閑が、驚いたような表情で振り返る。

「今の」

「えっ？」

「もう一回、言って。めちゃくちゃときめいたから」

「えええっ⁉」

閑の言葉に、小春は顔に熱が集まる。

熱い。間違いなく顔が、真っ赤になっていることだろう。

「まぁ、贅沢言うなら、神尾さんじゃなくて、名前で呼ばれたいんだけど」

そう言いながら、靴を履いた閑は小春の顔を覗き込んできた。

「そもそも一緒に住むのに、名字はなくない？」

「そんなこと言って……もうっ……」

なぜこの人は朝からそんなことを言ってからかうのか、心臓に悪すぎる。

小春はむくれたが、閑は引き下がらない。

「ダメ？　俺のこと、名前で呼びたくない？」

甘く、どこか切なそうな声で言われて、小春の胸はさらにぎゅうぎゅうと締めつけられた。

（この人、天然の小悪魔系では？）

大型犬の、とびっきり上等な長毛種のような雰囲気を持つ彼だが、そうやって無害を装って迫られると、小春は困ってしまうのだ。

（確かに……同居してまで名字で呼ぶのは他人行儀かもしれない……。私だって、小春ちゃんって呼ばれてるし……）

ただ小春としては、彼を名前で呼んで、余計に愛着を持ってしまうのが、少し怖い。でもそれは小春の事情であって、閑には関係のないことだろう。

（でも、そうよね……神尾さんは、ただ同居人として、私に気を使ってくれているんだ！　だったらここは彼の言う通り、名前で呼んで、心地よく送り出さないと！）

これは同居する上でのマナーのようなものだろうと、小春はそう自分に言い聞かせ、顔を上げた。

「しっ……閑さん……行ってらっしゃい……？」

だが、照れのあまり、思わず疑問形になってしまった。

その瞬間、それまでじいっと自分を見つめていた閑が、「っ……」と、息をのむ。

そして、ぼそりとつぶやいたが、小春の耳には入らなかった。そのまま閑は、少しふわふわした足取りで、出ていってしまった。

「破壊力抜群……」

「ふぅ……」

小春はひと仕事終えたと言わんばかりに、手の甲で額の汗を拭く。

行ってらっしゃいのやりとりは少し恥ずかしかったが、いつまでも照れてはいられない。気持ちを切り替え、さっそく大掃除に取りかかることにした。

時計の針が正午を回る頃、リビングダイニングはモデルルームのように、美しくなっていた。

「きれいに……なった……！」

張り切って窓ガラスまで拭いたので、信じられないくらい空がきれいに見える。小春は上機嫌になって、窓から外を眺めた。

閑は大仕事のように言っていたが、実際やってみると時間はかからなかった。散らかってはいるが、それほど物の数が多くないのだ。雑誌、新聞などの紙物と、シャツを含めた洗濯物、ビールの空き缶がこの部屋を散らかり放題に見せているだけだった。

「そういえば、たまに弟さんが掃除しに来るんだよね。だからそれほど大変なことにはなってないのかも」

神尾家の家族構成は知らないが、なんとなく勝手に、人懐っこい閑は弟タイプだと思っていたので、弟の存在は意外だった。

だが、掃除をしに来るというくらいだから、兄弟の仲はいいのだろう。

「どんな弟さんなのかな〜。やっぱりしゅっとしてるのかな」

そんなことを考えながら、床を拭く。

ちなみに小春が住む予定の部屋は、玄関を入ってすぐ左手にある客間で、中は本棚とベッドがあるだけだった。シーツを剥がして、洗濯物と一緒にまとめる。

部屋に立派な乾燥機付き洗濯機はあるが、閑は基本的に洗濯物はクリーニングで済ませるらしい。連絡をすると、部屋までコンシェルジュが取りに来てくれた。閑が依頼していたようだ。特急仕上げで、できたらまた持ってきてくれるというので、さすが高級マンションは違うと感心してしまった。

「でもまぁ、バルコニーに洗濯物は干せないよね……」

美観を損なうという理由以外にも、高層だと洗濯物の落下は事故につながる恐れがある。だから仕方ないのだろうと思うが、お日さまの匂いがする洗濯物をたたむのが好きな小春は、少し残念だった。

あらかたの掃除が終わったので、次は炊事に取りかかる。前もって、生活準備資金として、閑からお金を預かっている。掃除道具含め、必要なものはこれから出してほしいと言われたのだ。

なにしろ冷蔵庫にはビールしか入っていない。誇張抜きに、ビールのみだ。

「朝は食べてないみたいだから、昼も夜も外食なのかなぁ……」

弁護士という職業柄、ずっと事務所にいるわけでもない。仕方ないかもしれないが、体が心配だ。

せっかく一緒に住むのだから、多少なりとも体によさそうなものを食べさせたい。

小春は財布をしっかり握りしめて、マンションの部屋を飛び出していた。

閑が帰宅したのは、夜の九時を少しばかり回った頃だった。

「えっ、小春ちゃん、帰ってなかったの？」

リビングに姿を現した閑が、ソファーに座りビジネス雑誌を読んでいる小春を見て、目を見開いた。

「あ、っていうかすごく部屋がきれいになってる！」

帰宅早々、驚いてばかりで忙しそうだ。小春は苦笑しながら、閑を見上げる。

「はい。それで、見ての通り部屋もきれいになったし、やっぱり今日を正式に、私たちの同居初日にしてもいいかなって」

記念日というわけではないが、そう思ってもばちは当たらないのではないか。

小春は少し照れながら、ダイニングテーブルを指さした。

「ちょっとした……お祝いの席を設けました」

「お祝いの席……？」

閑が小春が指さしたほうに視線を向ける。

「はい。あの、夜ごはん済んでるのなら、明日でもいいんですけど」

丸い四人掛けテーブルの上には、白いテーブルクロスを敷き、ふたり分の食器を並べている。ビールしかない閑の部屋だが、掃除の最中、真新しいクロスやカトラリーのセットを発見したのだ。

「食べてない。っていうか、昼も時間がなくて、カップラーメンだった……」

「よかった……！　いや、カップラーメンは、あんまりよくないですけど、食事を用意しておいて、よかったです」

小春は少し早口でそう言うと、またキッチンへと向かう。

今晩のメニューは、温かいスープ、マリネした野菜のサラダ、雲丹《うに》と魚貝のパスタ、テール肉の赤ワイン煮込み。デザートはアイスクリームを作り、冷やしてある。

アルコールはさすがに控えることにした。

(こないだみたいなことになったら大変だしね……)

『小春ちゃん……』

濡れたような熱っぽい目で、自分を見つめる閑。裸のたくましい体に、少しエスっ気のある愛撫《あいぶ》――。

(って、なに考えてるの！)

気を緩めると、つい思い出してしまう。

小春は慌てて首を振り、それから料理に集中することにした。


「なにこれおいしい！」

シャワーを浴びて、厚手のカットソーとスウェットパンツに着替えた閑は、目を輝かせて、スープをせっせと口に運んだ。

「ストラッチャテッラといって、卵のスープなんです」

「ストラッ……？　一度じゃ覚えられないな……いやでもおいしい」

若干張り切りすぎた気もするが、パクパクと食事を平らげていく閑を見ていると、小春は嬉しくなる。

「っていうか、小春ちゃん、すごい料理上手だ」

「一応イタリアンのシェフの娘ですから。これでプロになろうと思っているわけではないんですけどね」

「えーっ、もったいないな……いやマジでこんなにおいしい料理、家で食べられるなんて思わなかった。世界中に自慢したい」

閑の手放しの絶賛は恥ずかしいが、嬉しくもある。

「ありがとうございます」

小春はふふっと笑って、スープを飲み、パスタを口に運んだ。

（やっぱり作ってよかったなぁ……いい初日になったんじゃない？）

本当になごやかな同居初日の夜だった。

そんなこんなで、小春と閑の同居生活は穏やかに始まった。

「行ってきまーす！　今日は少し早く帰れると思うから！」

閑はニコッと笑って、元気よくマンションを飛び出していく。

「わかりました。閑さん、行ってらっしゃい。気を付けて」

小春は玄関で手を振りながら、閑の背中を見送った。

気が付けば、特に問題もなく同居生活も五日目の金曜日を迎えていた。

同居といっても、閑は基本的に毎晩遅いので、彼のために夜食のようなものを用意して、小春は先に休むようにしていた。起きて待っていてもいいのだが、自分が起きていると閑が気を使うのはわかっている。

客間のベッドで横になっていると、玄関のドアがカチャリと開く音がして、閑の気配がする。小春が寝ていると思っている閑は静かに廊下を歩き、夜食を食べ、シャワーを浴びて、廊下の向かいの寝室に入る。

ドア一枚を挟んだ向こうの閑の気配に、小春は彼の生活を盗み見ているような、いけない気持ちがするのだった。

「えっ、買い物？」

「うん。明日土曜日に、一緒に行こう」

その日の夜、少し早めの八時頃に帰ってきた閑は、小春が作った生姜焼きをむしゃむしゃと食べながら、にっこりと笑った。

「うちって最低限のものしかないし。足りないもの、いろいろあるだろ？」

「そうですね……」

小春はうんうんとうなずきながら、頭の中で考える。

「タオルもう少し欲しいです」

どうやら閑はタオルを大量に使う派らしく、すぐにストックがなくなってしまうのだ。クリーニングではなく自分で乾燥機をフル回転させてはいるが、ローテーションに余裕が欲しい。

真面目に答えた小春に、閑はクスッと笑う。

「タオルも大事だけど、主に小春ちゃんのものだよ」

「えっ、私のもの？」

「うん。箸とか、マグカップとか……」

そう言いながら、閑はテーブルを挟んで真正面に座る、小春の手元を見つめる。

「そのお茶碗、誰かの結婚式の引き出物でもらったんだけど、立派すぎると思わない？」

「あ、それはちょっと思ってました。この家、普段使いの食器がないなって。朱塗りのお椀とか……洗いづらいんですよね」

お茶碗でもお箸でも、とにかく探せばいろいろ発掘できたのだが、どれも本当に立派で、ハレの日に使うようなものばかりなのだ。

小春は持っていたお茶碗を置いて、うんうんとうなずいた。

気にせずじゃぶじゃぶ洗える食器があればなぁと思っていたのは事実だった。

「そういうの、明日買いに行こう」

「――はい」

いつまで同居しているのかわからない自分のために、食器を買うのはもったいないような気がしたが、閑の厚意は純粋に嬉しい。

「明日、お出かけですね」

（ふたりで出かけて、日用雑貨を買うなんて……まるでデートみたいじゃない？）

内心そんなことを考えていたら、「実質デートだね」と、閑が笑う。

「えっ！」

一瞬、心を読まれたのかとヒヤッとしたが、そんなはずはない。

「あ、ごめん。今のは俺の勝手な願望というか……まぁ、うん。ごちそうさま。今日もおいしかったです」

閑は少し照れたように笑って、顔の前で両手を合わせ、ペコッと頭を下げる。

「あっ、いえ、お粗末さまでしたっ……」

（今、願望、願望って言った⁉　いやいや、社交辞令だよね、そんなの本気じゃないに決まってるし……！）

小春も顔を赤くしつつ、ペコペコしながら頭を下げた。


そして翌朝。十時を過ぎて、小春は閑とふたりマンションを出て、地下鉄に乗り、商業施設へと向かった。

（あんまり眠れなかった……）

小春は地下鉄のドア付近に立ち、窓の外を眺めながら唇を噛みしめる。

昨晩は、閑の『デートだね』という言葉が気になって、なかなか眠りにつくことができなかった。

彼にそんなつもりはないとしても、目を閉じれば、今でもにっこりと笑った閑の顔がまぶたの裏に思い浮かんでしまう。

（ああ、罪な人だぁ……。わかってるのかなぁ、自分が天然のたらしだってこと！）

閑に親切にしてもらえるのは嬉しいが、一方でそんなことをされてはどんどん好きになってしまうと、怖くなる。

思わず、ふうと息を吐く。

「小春ちゃん、大丈夫？」

「えっ……？」

驚いて顔を上げると、小春の正面に閑が立っていた。

「もしかして気分悪い？　あんまり顔色よくないみたいだけど」

「えっ、ああっ、いえいえ！　ものすごく健康です！」

小春は顔を真っ赤にして首を振る。

つい気持ちがトリップしていたが、今まさに閑とお出かけ中なのだ。目の前に彼がいて当然だ。意識を飛ばしている場合ではない。

「そう？　ちょっと顔、見せてごらん」

ビジネスモードではない閑は、ラフでシンプルな装いだった。ネイビーカラーのチェスターコートに、白のタートルニット、黒のスキニーパンツで、シックにまとめている。顔立ちが華やかなので、まるで雑誌の中から抜け出してきたかのようだ。

一方の小春は、ベージュのラメニットに濃いピンクのロングスカート、足元は白いスニーカーを合わせて、大判のストールをぐるぐると巻いている。買い物に行くのだから多少歩けるようにとスニーカーにしているが、いつもはあまり履かないスカートに、少しだけ緊張もしていた。

その緊張が、閑には違うように伝わっているのか、手を伸ばして、うつむく小春の顎先を指で持ち上げる。

「うーん……ちょっと目が潤んでる気がするな」

心配してくれているのだろう。真面目な顔で、閑は小春の顔を覗き込んでいる。

だが見つめられる小春は、たまったものではない。

（ち、ちか、近いです！）

小春は目を白黒させながら、はわはわと慌ててしまった。当然、羞恥で顔がどんどん赤くなるし、熱くなってしまった。

「もしかして、熱があるんじゃ？」

すると閑は、怪訝そうに眉根を寄せ小春に顔を近づけ、こつん、とおでこを合わせてきた。ふわっと閑の髪が額に触れて、端整な顔が至近距離に迫る。

「ん……やっぱり、熱いよ」

（ひ、ひ、ひえー！）

それまで直立不動だった小春は、慌てて、閑の胸を両手でぐいっと押し返していた。

「ちちち、ちちっ、近いですっ……ったら！」

「え、だってよく見たいし……」

閑は少しきょとんとした表情になる。

「目、悪いんですか？」

閑が眼鏡をかけているところは見たことがないのだが、真面目に問いかける。

「いや、全然。かわいいものは近くで見たいっていう、ただそれだけ。だって今日の小春ちゃん、スカートだし。ピンクだし、すごいかわいいし。俺とデートだから、かわいくしてくれたんだとしたら、すごい嬉しいし」

「も、もうっ……！　そういうこと口に出さなくていいですっ！」

もちろん閑に少しでもかわいいと思ってもらいたかったのは事実なのだが、はっきり言われると、恥ずかしすぎて、身の置きどころがない。

「いや、大事なことは口に出さないと」

そして、あははと楽しそうに笑う閑に、小春は耳まで真っ赤になってしまった。

閑の冗談をすべて本気にとっているわけではないが、やはり心臓に悪い。

（今日私、生きて帰れるかしら……）

ときめきすぎて、死んでしまうかもしれない。

買い物は順調に進んだ。

「ずいぶんたくさんになりましたね……」

「確かに……」

小春は自分のバッグしか持っていないが、閑は両手に紙袋を三つずつ持っている。小春が欲しいと言ったタオルはもちろんのこと、食器やマグカップ、新しいバスマットやなんやら、日用雑貨を大量に買い込んだのだ。

「そろそろ昼時だけど、どっかで食べる？」

閑が荷物を持ったまま、時計をちらっと見下ろす。

つられて彼の高そうな腕時計を見ると、ちょうど十二時になったばかりだった。

「そうですね。フードコートなら並ばずに入れそうですけど、どうしますか？」

商業施設なので、当然レストラン街はあるのだが、どこもこの時間はかなり待たされるはずだ。

「じゃあそうしよう。俺、並ぶのが苦手でさ。いい？」

「はい、もちろんです」

小春はにっこり笑ってうなずいた。

閑と一緒に食べられるなら、なんだっておいしいに決まっている。コンビニのおにぎりだってごちそうになるだろう。フードコートになんの不満もない。

閑と並んで、フードコートへと移動した。

そこは、七つほどのファーストフードやチェーン店が入った、ごく一般的なフードコートだった。ずらっと白いテーブルが並んでいて、主に家族連れでにぎわっている。

「どこ空いてるかな……」

小春が少しだけ背伸びをして周囲を見回していると、三十センチ高い閑が、「窓際、空いてるの発見」と得意げに口にした。

「えっ、どこ？」

小春はますます背伸びをしたが、よくわからない。

「ほら、ハンバーガーショップの斜め前の。奥のテーブル」

閑が小春の背後に回って、耳元でささやいた。

「わかる？」

「っ……」

その瞬間、小春は跳ねるように背筋を伸ばしていた。閑の唇が、耳に触れたような気がしたのだ。

だがそんなはずはない。あくまでも自分が意識しすぎているだけで、閑がここでそんなことをするわけがない。吐息が触れただけだ。

（び、びっくりした〜！）

小春はドギマギしながら、閑を振り返らないまま、早口になる。

「わっ、わかりました、先に席取ったほうがいいですよね！　ハンバーガーでもいいかな〜！」

小春はいそいそと、空いた席に向かっていき、椅子に腰を下ろした。

遅れて閑がやってきて、向かいの椅子の上に荷物を置いて、ずらりと並ぶ店を見つめる。

「さて、なに食べる？」

「私はなんでも。好き嫌いもないし同じものでいいです。飲み物はお茶がいいくらいで」

「わかった。じゃあそこで買ってくるから、小春ちゃんはここで待っててね」

「はい、ありがとうございます」

小春はペコッと頭を下げて、ハンバーガーショップの列に並ぶ閑を五メートルほど離れたテーブルから、見守った。

（なんだか普通に……自然にできてるな……。あんなことがあったなんて、信じられないくらいに……）

自分と閑は、食堂の店員と、常連客。それから依頼人の関係者と、弁護士。どこにでもあるような細い糸で繋がった関係だったはずだ。

だが閑は、必然的に出ていかざるを得なくなった自分を、家に招き入れてくれた。それは間違いなく、弁護士の仕事としてではない。知人・友人としての厚意だ。

途中、流されるように体を重ねてしまったけれど、小春の望み通り、閑はあのことを忘れてくれている。

きっとこのまま、日々、何事もなかったかのように、時は流れていくのだろう。

それは小春の願い通りだったはずだ。

（そうしたら……この後って、どうなるのかな？）

せいぜい一緒に暮らすといっても、春くらいまでが限度だろうと、なんとなく小春は考えている。それまでには仕事を見つけるなりして、自分の生活基盤を整えておかなければならない。

幸い、住み込みで働いていた間の貯金はあるので、仕事さえ見つければ、すぐに引っ越しをすることは可能だ。実家に帰るという選択肢もないことはないのだが、今の小春に、そのつもりはなかった。

少しの間でも、閑の住む東京にいたい。

(我ながら諦めが悪いかも……)

小春はふうっとため息をつきながら、閑の背中を見つめたが、

「あっ……」

思わず小さな声が漏れた。

列に並んでいる閑が、後ろにいる女子ふたり組に、声をかけられていたのだ。

大学生くらいだろうか、女の子たちは、目を輝かせて閑を見上げて、自分の持っているスマホを指さしている。

(あれはもしかして……逆ナンされてる⁉)

連絡先を聞かれていると気が付いて、小春の心臓が、ぎゅっと縮み上がった。

(でっ、でも、私に断ってほしいとか思う権利はないし……っていうか、ふたりとも、すごくかわいい……)

真冬の寒さもなんのその、ふたりともミニスカートにロングブーツで、かわいらしいことこの上ない。自分がフリーの男なら、間違いなく連絡先を渡すだろうと思うく

らい、そのふたりはキラキラと輝いて見えた。

そもそも、閑が誰に連絡先を渡そうが彼の自由だ。自分は彼のプライベートに関与できる立場ではない。

（あんなの、見てられないよ……）

小春はうつむき、用もないのにスマホを取り出して画面を見下ろしたのだが――。

「あ……」

メッセージアプリの通知が届いていた。開いてみると、懐かしい相手からだ。

【最近どうだ？　元気してるかー？】

「お兄ちゃん……」

小春はひとりっ子だ。なので厳密には〝お兄ちゃん〟ではないのだが、この十年、小春は彼のことをお兄ちゃんと呼んでいた。中本の娘であるキミちゃん同様、身内のような存在でもある。

なんということもない近況を尋ねてくる定期連絡だったが、ここ最近ずっとバタバタしていたので、まともに話をしていない。

（大丈夫だよ、元気だよっと……）

メッセージがきたのは、地下鉄に乗っていた時間なので気づかなかったらしい。

ポチポチと返事を打っていたら、

「おまたせー」

頭上から声がして、顔を上げると、両手にトレイを持った閑が立っていた。

「あっ、ありがとうございます！」

小春は慌ててスマホをバッグにしまうと、立ち上がり、トレイを受け取って椅子に座る。

「いただきます……って」

だが閑が自分の前に置いたトレイの上を見て、絶句した。

「閑さん、それ全部食べるんですか⁉」

「うん」

閑はにっこり笑って、さっそくポテトをつまみ、口に入れた。

小春のトレイの上にあるのは、一般的なチーズバーガーのセットだけだが、閑のものには、ハンバーガーが三つのっていた。パテはダブル、チーズもダブル、パンが間に挟まっている、大きなものを三つである。

（ハンバーガー三つ！　そしてポテトもあるのに、ナゲットも追加してる！）

「閑さん、男子高校生みたいな食欲ですね……」

とてもじゃないが、ハンバーガーはセットだとポテトは持て余してしまう自信がある。小春は感心しながら、ちまちまとハンバーガーの包みを剥がし、ぱくりとかぶりついた。

「高校生の頃は、この倍は食べてたよ」

「ええっ……！　男の人ってそんなに食べるんですか？」

目を剥く小春を見て、閑はクスッと笑う。

「食べるね」

大きな手の、長い指先でポテトをつまみ、また、ひょいと口に入れる。

それから閑は、じっと、明るい茶色の瞳で、小春を見つめながらかすかに微笑んだ。

閑はこういう時でも、なぜか妙に様になる。見た目が華やかな王子さま系だからだろうか。

(ちょっと男の子っぽくなるというか……これって、ギャップ萌えというやつでは……？)

そんなことを考えながら、小春もハンバーガーを食べていたのだが、

「はい、あーんして」

突然、閑がポテトを小春の口元に差し出してきた。

「えっ」

「ほら、あーん」

上半身を少しだけ乗り出して、閑は目を細め、ふふふと笑っている。

（おもしろがっている……！）

呆気に取られている小春を見て、楽しんでいるらしい。

小春は「もうっ……」と膨れながら、閑をにらみつけたが、

「熱いうちに食べないと」

と、まったく引き下がってくれなさそうである。

閑は普段、ニコニコして優しいのに、少し強引なところがある。それが不愉快とい
うことはもちろんないが、ちょっぴり意地悪だ。

「ほら」

「む……」

（恥ずかしいけど……えいっ！）

生まれてこの方、あーんなどしたことがないが、勢いをつけ、ポテトに、ぱくりと
かぶりついた。

「おっ、食いつきがいいなぁ」

閑はクスクスと笑いながら、また新しくポテトをつまんで口元に運ぶ。まるで動物園で餌《えさ》やり体験をする子供のように、目を輝かせている。

そのまま、小春は二本、三本、と食べさせられて、

「もう、無理ですっ」

笑いながら、身を逸らしていた。

「もう終わり？」

閑がつまらなさそうに、持っていたポテトを自分の口の中に入れる。

「もっと食べさせたかったな」

「そんなこと言っても、私だって自分のポテト、あるんですよ」

小春は苦笑して、手元のポテトを一本、閑の口に持っていった。

「ほら……」

すると閑はふっと笑って、それをぱくりと口の中に入れる。けれど閑の唇は、ポテトだけでなくそのまま小春の指先を、柔らかく食《は》んでいたのだった。

（えっ……えええ！）

その瞬間、首筋からまっすぐに、腰のあたりまで、電流が流れたような気がした。

かじりついたまま、閑がいたずらっ子のような目で小春を見つめている。少し明る

い目が、キラキラと光を放っているように見えた。

これは、閑にとって他愛もないいたずら。じゃれた犬や猫に、甘噛みされたようなものだ。痛いわけでもなんでもない。

けれど、閑のこの行動は、小春にとって刺激が強すぎた。

あの夜――。

『小春……』

熱っぽく名前を呼んで、自分の裸の肩の先に、飢えた獣のように閑がかじりついた、あの甘美な衝撃を思い出して、顔が真っ赤になってしまった。

「あのっ……」

みるみるうちに顔を染める小春を見て、閑がハッとしたように目を見開いた。そして小春の指先から唇を外し、固まる小春の手を取ると、自分の口元に引き寄せる。

「ごめん、痛かった?」

優しい声でそうささやいて、閑はそのまま、チュッと労わるように小春の指先にキスをする。

「だっ……大丈夫ですっ……」

小春は顔を真っ赤にしたまま、プルプルと首を横に振り、そっと、手を引いた。

（なんでっ、どうしてっ、こんなことするの～⁉）

ドキドキして、心臓が痛い。息が苦しい。こんなことをされては勘違いしてしまう。

「見て、ラブラブだよ～」

ふたりの座っているテーブルの横を、女の子ふたり組が少し笑いながら、それでも残念そうに通り過ぎていく。閑に連絡先を聞いていた女の子たちだ。

「閑さん、今の……」

「え？」

それまでじっと小春を見ていた閑は、目を見開いて、すでに立ち去った女の子ふたりのほうに視線を向ける。

「ああ……さっきの。連絡先を聞かれたから、好きな子と一緒だから、ごめんねって」

そして閑は、どこか遠慮したような声色でささやく。

「迷惑だった？」

「めっ、迷惑だなんてっ……」

小春は激しく首を振った後、あははと苦笑した。

「でも、断るための嘘としても、あの、私たち、全然似合わないですよね」

「へ？」

閑がきょとんとした表情になる。まさか小春の口からそんな言葉が出てくるとは思わなかった、そんな顔をしている。

だが小春にしたら、そんな顔をされる意味がわからない。閑は、誰もが目を見張るような長身の美男子で、弁護士、しかも心優しく、親切な男だ。

「だから、そういうの、嘘でも……ちょっと……」

言い訳のように、ごにょごにょと小春はつぶやく。

「ほら、私みたいな、なんの取り柄もない女の子では……」

後半は、声が小さすぎた。

そして閑の耳には聞こえていない可能性には思い至らなかった。

(私なんか、閑さんに、全然釣り合わない)

ふたりで出かけられることに舞い上がって、人からどう見えるかなんてあまり考えていなかった。

小春は、閑の女性選びのセンスが、通りすがりの人に疑われては、ちょっぴり申し訳ないなと思いつつ、膝の上で手をぐっと握りしめる。

みるみる曇っていく閑の表情に、気が付くこともなく――。

向き合う勇気

　とある複合商業施設にある会員制ワインバーのカウンターで、閑はグラスを傾けながら、ため息をついていた。

　高層階にあるため、窓の外は東京の街を一望できるレベルの、すばらしい夜景が広がっているが、閑には関係ない。ただひとりで静かに飲みたかったから、馴染みのここを選んだだけ。いつもならビールだが、酔いたい気分だった。

「なんだ、景気が悪いな。俺の前でため息はやめろ」

　そう閑に言い放ったのは、切れ長でくっきりとした二重まぶたの目が印象的な、精悍な黒髪の男。長身だが優しい雰囲気の閑とはまるでタイプが違う。

「瑞樹《みずき》……ため息くらい自由につかせて」

　閑は苦笑して、肩をすくめた。

　隣に座る男は、年は閑と同い年の二十九になったばかり。名は南条《なんじょう》瑞樹といい、昔馴染のひとりである。実家は歴史ある金融系のグループ企業であり、彼は本家の御曹司だった。わがままで俺様だが、不思議と嫌われない、人を引きつける魅力のようなものを持つ男だ。

「だってお前、せっかく俺といるのに、つまらなさそうに」

瑞樹は優雅にワイングラスを揺らして、ゆっくりと唇をつける。

「俺といるのにもなにも、待ち合わせたわけじゃないだろ。瑞樹は相変わらず、自分を中心に世界が回ってるよな」

閑は苦笑して、手元のナッツを口に運んだ。

「そういうお前だって、最近、グループの集まりに全然顔出さないって聞いてるぞ」

「ああ……まぁね。いろいろ忙しくて」

「師走だからな。お前のような仕事では忙しいだろう」

瑞樹はうんうん、とうなずきながら、頬杖をついた。

（仕事……かぁ……）

脳裏に小春の顔が、思い浮かぶ。

この数週間、ずっとなかもと食堂のことで忙しくしていた。いや、店の売却の手続きや権利関係は大したことはない。問題は、小春だ。

小春と住むようになって、一週間ちょっと経つが、びっくりするほど進展がない。

進展がないどころか、もしかして自分とは距離を取ろうとされているのでは？と思うくらいだ。

同居してすぐ、日用雑貨を買いに行くという名目で出かけたデートでは、『嘘でも恋人と思われたくない』みたいなことを言われたし、今朝だって、『閑さん、早く帰るために、お仕事持って帰ってきてますよね？　無理されてるんじゃないですか？　私は大丈夫なので、早く帰ってこなくていいですよ』と、優しく諭されてしまった。

仕事をおろそかにしているつもりは微塵もないが、早く帰って小春の作るおいしいごはんが食べたかったのは事実で。そして彼女の言う通り、持ち帰りの仕事が増えていたのは本当だったので、ぐうの音《ね》も出なかった。

きっと、深夜まで起きている自分が、小春を心配させているのだろう。

（いや、もしかしたら、いつまでも起きてて、うるさいって思われてるかもしれない……だとしたら最悪だな……）

基本、能天気だと言われがちな閑だが、ついそんなことを考えてしまう。

このままでは、あっという間に年の瀬になり、年が明けて、落ち着いた頃には『仕事が決まったので出ていきます』と言われそうだ。その可能性は十分にある。

（いったいどうしたら……）

「はぁ……」

「なんだ、悩みごとか。よし、俺に話してみろ」

二度目のため息をついた閑に、ワクワクした口調で、瑞樹が顔を近づけてきた。

「ワクワクすんのやめろ」

「いや、するだろう。あの、神尾閑がへこむなんて、めったにない。おもしろいじゃないか」

瑞樹は額に落ちる黒髪をさらりとかき上げて、ニヤリと笑った。

「へこむって……まぁ、そうだな」

一瞬、ムッとしかけた閑だが、彼の言うことは間違っていない。なので、即座に素直に受け止める。

「だろ？　お前は、わざとヘラヘラニコニコして周囲を油断させておいて、本当は芯から打たれ強い男だ」

瑞樹はそう自慢げに言い放つと、閑のナッツを勝手に奪い、口に入れた。

（めちゃくちゃ言うな、こいつ……）

だが悪気はないのはわかっているし、意識しているわけではないが、そういう一面が自分にあるのも理解している。

「だから珍しい。ぜひ聞いておきたいところだな」

「ったく……」

（とはいえ、こいつに恋愛相談したってなぁ……）

閑はグラスに残ったワインを飲み干して、下唇を噛みしめる。

瑞樹とは中学校からの親友だが、自分が知っている限り、瑞樹からまともな答えが返ってくるとは思えない。もちろん、南条の御曹司がモテないはずはなく、いつも女性に囲まれていた。それは事実だ。

まるで大輪の花のような彼の周りには、女性が蝶のように群がっていた。だが、それだけだ。誰かひとりと真剣に付き合ったところを、閑は見たことがなかった。

感心できることではないが、それが悪いと一方的に言うつもりはない。瑞樹は誰にだってそうだったし、それでもいい、遊ばれてもいい、むしろそんな瑞樹で遊んでやろうと思っているような、したたかな女性しか基本的に相手にしていない。

自分の性には合わないが、そういう付き合い方もあるだろうと思っていたのだが――。

今日の閑は瑞樹が感じた通り、少し調子が狂っていた。

（溺れる者は藁《わら》をもつかむっていうしな……まさにそれだな）

あてにはできないと思いつつ、ゴホン、と咳払いをし、背筋を伸ばす。

「まぁ、俺の話じゃないんだけど」

「は？」

瑞樹が不思議そうに目を見開く。

「だったらなんだ。依頼人の話か？」

「いやいや、守秘義務あるから。まぁ……瑞樹の知らない俺の知り合いの話なんだけど」

さすがにアラサーにもなって、恋愛相談を友人にするなど恥ずかしいと思う閑は、〝架空の友人〟という使い古された作戦で、瑞樹に話すことにしたのだが――。

「プッ……ふふっ……嘘だろ……ククッ……」

すべてを洗いざらい告白するまでもなかった。

瑞樹は、〝架空の友人〟が、雰囲気に流されるようにして、知人女性と一夜を共にしたはいいが、その後、告白するに至らず、なんとかルームシェアにまでこぎつけたはいいものの、結局距離を感じて焦っているというところまで聞いて、完全に噴き出してしまった。なんと、美しい、切れ長の目の端に涙まで浮かべている。

「笑うなよ……かわいそうだろ……知人男性が」

「ふふっ、そうだな……ああ、哀れすぎる」

瑞樹は唇を尖らせる閑を見て、本当に楽しそうな笑顔になり、そして「だが簡単な話だな」と、あっさりと言い放った。

「えっ、なんで？」

「その知人男性は、臆病なチキン野郎だ」

「えっ⁉」

まさかチキンと言われるとは思わなかった閑は、目を大きく見開く。

「だが、そうだろう。好きなくせに好きと言わない。欲しいくせに欲しいと言わない。あいまいな態度で、相手の空気を読むだけで答えを聞こうとしない。それで勝手にもうダメに違いないと、自分の未来を決めている。これをチキンと言わずになんとする」

少し時代がかった口調で、瑞樹はそう言うと、さらっとワインをつかみ、自分のグラスに注ぐ。

「お前らしくないな」

「いや、だってさ……って、俺じゃないって」

「ああ、知人男性の話だったか。そうだった、そうだった」

瑞樹は安い芝居にとりあえず最後まで付き合うつもりのようだ。閑の言い訳にうんうんとうなずいた後、その秀麗な顔を閑に寄せて、ささやいた。

「俺は心底女に惚れたことはないが、仮に――本気になったら、容赦《ようしゃ》しない」

「よっ……容赦!?」

少し物騒すぎないかと思ったが、この日本有数の金融系グループの御曹子である彼の言葉は、本物だ。

幼い頃から常に人の上に立つことを教えられ、苛烈な競争を生き残ってきた瑞樹が本気になれば、さぞかし熱烈に違いない。並大抵の女性では、受け止めきれない気がする。

(もし今後、瑞樹に想いを寄せられる女性ができたとしたら……ちょっと同情するな)

閑はそんなことを思いながら、肩から少しだけ力が抜けるのを感じていた。

(確かに瑞樹の言う通りだ。俺、好意をチラチラ見せながら、小春ちゃんの反応ばっかりうかがってたな)

いい年をした男として、これはどうなのかと、少し情けなくなってきた。

「反省する……と、知人男性は言うと思う」

「そうか」

瑞樹は切れ長の目を細めて、おもしろそうに微笑む。ダメ元だと思っていたが、意外にも実のある会話になったようだ。

「お前が恋に迷ったら、今度は俺が話を聞いて、アドバイスをしてやるからな」

半分負け惜しみと、照れ隠しもあり、そんなことを口にしたのだが、

「お前が俺にアドバイスだと？　ありえんだろう。俺に抱かれたくない女が存在するはずがない」

さすが天下の南条瑞樹、驚くような言葉をあっさり言い放つと、

「じゃあな。とりあえず、あまりいい子になるなと伝えておいてくれ」

いきなり席を立ち上がり、用事は終わったとばかりにバーを出ていってしまった。

嵐のようにやってきて絡んできたかと思ったら、急にいなくなる。いったいなにをしに来たのだろうと思ったが、おそらく瑞樹のただの気まぐれだろう。彼には昔から、そういう自由なところがあった。

「相変わらず、唐突な奴だな……」

閑は苦笑しながら、グラスをゆらゆらと回す。けれど一方で、瑞樹のその自由さが好きで、自分はいまだに彼と付き合っているのだとも思う。

「いい子になるなかぁ……久しぶりに言われたな」

その時々、意識していようがいまいが、〝いい子ちゃん〟な性格をしていることは、自覚している。だがそのことを指摘してきたのは、今まで両親、それに兄たちと、瑞

樹を含めた親友ふたりだけだ。

学生の頃は、瑞樹ともうひとり、大手飲料水メーカーの御曹司が同じ学年にいて、閑と学園のスリートップと呼ばれていた。

それぞれあまりにもキャラクターが違いすぎて、閑は周囲が言うほどライバルだとは思っていなかった。むしろ、自分以外のふたりが強烈だったので、閑はふたりの間に入って、仲裁役のようなことを務めていたと思う。

結局、〝昨日の敵は今日の友〟というような、腐れ縁が続き、気が付けば仲のいい昔馴染グループと化していた。

そんな旧知の彼らにも、閑はよく『いい子になるな』と笑われることがあった。

『そんなことはないよ、性分だよ』と閑は答えていたけれど、本当は、そうではないことは、閑自身がわかっていた。

(チキンか……。瑞樹の言うことは正しい。俺は、本当に、他人に対して、臆病なんだろうな)

閑自身、なんでもそつなくこなして、友人知人は多く、仕事柄関係なく周囲に頼られることは多いが、世界中のすべての人に愛されたいと思っているわけではない。

けれど——自分は嫌われること、正確に言えば、見捨てられることを恐れている。

そう、孤独をなによりも恐れているのだ。

記憶の扉が開きそうになって、ぐっと喉が締まる。とっさに胸元をつかみ、深呼吸をしていた。

「……やめよう」

ここであれこれ考えていても仕方ない。

閑はぼそりとつぶやいて、すっくと立ち上がる。

会計をしてもらうつもりだったのだが、カウンターでひっそりとグラスを拭いていた初老のバーテンダーが、

「南条さまより頂戴《ちょうだい》しております」

と、やんわりと微笑んだ。

「今晩は、なにからなにまで、世話になりっぱなしだ」

肩をすくめる閑に、バーテンダーは、「もちつもたれつのご関係では？」と応える。

「そう……ですかね？」

なんにしろ、今日ばかりは瑞樹に感謝するしかないだろう。

少なくとも閑は、小春に真正面から向き合う気になったのだから——。

弁護士の告白

「はぁ……」

気が付けば時刻は、深夜の一時近くになっている。

小春は、ダイニングテーブルでひとりお茶を飲みながら、深いため息をついた。

今朝――正確には昨日の朝ということになるが、小春は閑に『無理して早く帰ってこなくていい』という提案をした。なぜなら閑が、毎晩遅くまで自室で仕事をしていることに気が付いたからだ。

最初の数日は、廊下を出た正面の部屋に閑の気配を感じることにささやかな幸せを感じていた小春だが、こうも毎晩だと、閑の邪魔になっているのではと心配になってしまった。

(仕事は職場でするのが一番効率がいいに決まってる。持ち帰っているのは、私がこの部屋にいるせいだ……)

一緒に住むまで、小春の引っ越し先のセキュリティにうるさかった閑のことだから、この推測は間違っていないと小春は思っている。自分にぽやーっとしたところがあるから、一緒に住んでも彼を心配させているのだろう。

そう言った時、閑は『ああ……うん』と、あいまいな返事をしたが、結局今日は帰りが遅いので、自分の推測が正しかったということになる。

「閑さんの力になりたいのに、本末転倒だよね……どうしたらいいのかなぁ……」

そんなことをつぶやいた瞬間、ガチャリと玄関の鍵が開く音がした。どうやら閑が帰ってきたようだ。

玄関に向かうと、「よかった、まだ寝てなかったんだ……」と、閑が肩で息をしながら、笑顔になった。

「え？」

よかったとはいったいどういう意味なのだろう。

首をひねると、

「話があるんだ。大事な話」

閑は「あっつ……」と言いながらコートを脱ぎ、廊下に捨てる。

「あっ……」

思わず拾い上げると、閑も「あっ、ごめん」と笑って、そのコートを引き取り、腕にかけた。常々、こうやって床に物を散らかしていたのだとよくわかる動作だった。

閑が恥ずかしそうに笑った。

「つい、いつものくせが……ごめん」

「いいですよ」

小春も笑って、それから閑を見上げる。

「お仕事、お疲れさまです」

「ありがとう。でも別に仕事してなくて……。今朝言われたことを考えながら、ちょっと外で飲んでたんだ」

そして閑は、自分の顎先を指でつまみ、少し思案顔になった。

「とりあえず、お茶でも飲みながら話そうか。大丈夫？」

「はい」

いったいなにを言われるのだろうか。

(今朝のこと……？　もしかして、出ていってほしいって言われるとか？)

閑のためを思えば、そのほうがいいかもしれない。だが突然すぎて、少し怖い。

小春の体は緊張で強張ったが、閑はふっと笑って、そんな小春の顔を覗き込む。

「そんなに緊張しないで」

「わっ……わかりますか？」

「そういう顔したから……って、俺がわかるのはそこまでで、どうしてそんな顔をしたかは、わからない。うん……俺の悪いところって、ここで『こうだろう』って答えを出してしまうからなんだよなぁ……」

閑は納得したようにうなずきながら、小春と一緒にダイニングへと向かった。

お茶は閑が淹れてくれた。一切家事はできないと豪語する閑だが、『お茶くらいはなんとか』と笑って用意してくれたものだ。

お茶を口に含むと、ふんわりと緑茶の甘みが残る。

「おいしいです」

それは嘘ではない。正直な感想だった。

たかがお茶と思われがちだが、急須でおいしく淹れるにはそれなりにコツが必要だ。なんにもできないと公言してはばからない閑が、ちゃんとお茶を淹れられると思わなかったので、もしかしたら職場で覚えたのかもしれない。

「本当？　よかった」

ダイニングテーブルを挟んだ正面の閑は笑って、目の前のお茶をあおるように、豪快に飲み干す。そしてどこか強く決意したような表情で、まっすぐに小春を見つめた。

「俺、以前、東京に残るって言えなかった小春ちゃんに、『大事なのは、自分で決めて、行動することだ』なんて煽《あお》っておいて……男らしくなかった。ごめん」

「そんな……」

まさか謝られるとは思わなかった。

「閑さんはなにも悪くないです。っていうかあの……私、なぜ謝られるのかもわからないです」

むしろ小春は、謝るなら自分のほうだと思っているくらいだ。

（だって私、閑さんのこと……）

好きだからこの町に残りたかった。一緒にいたいから、ルームシェアを受け入れた。思い出でもいいと、彼に抱かれた――。

そんな、節目節目で、なにかを決断しても、それを閑に告げたことはない。卑怯だとしたら自分のほうだろう。

だが閑は首を横に振る。

「俺、小春ちゃんに内緒にしていたことがあって。それを話したいんだ」

「は……はい」

小春は緊張しながら、閑の発言の続きを待つ。

「順序だてて説明する。途中、わからないことがあったら遠慮なく聞いてほしい」

閑はそう言って、テーブルの上のお茶で唇を濡らした後、まっすぐに小春を見つめた。

「俺、小さい時から、家族の中で、自分だけちょっと違うって思ってた。五人兄弟で、髪とか目の色が飛びぬけて明るいのは俺だけだし、くせっ毛なのも俺だけだった。ひとりだけ女みたいな名前だし……。なんで？って思ってた。両親は『死んだじいさんの隔世遺伝だ』『男ばかり四人もいたから、五番目は女の子がよくて、女の名前を用意してた』って言うから、信じてたんだけど……。よくよく考えたら、俺の両親は医者で、命はすべからく平等だっていう人たちで。間違っても、娘が欲しかったなんて口にするタイプじゃないんだ。だから中学一年生の時に、思い切って戸籍を調べたんだ。俺の欄には、続柄が五男って書いてあった。だけど……同時に『民法８１７条の２の裁判裁定』という記載があることに気が付いた。民法ってなんだろうって、思ったんだ。だからそのまま学校の図書館で調べて、特別養子縁組のことを知った」

「――え？」

聞き慣れない単語に、小春は瞬きをする。

（今、養子……って言った？）

けれど閑はそんな反応も織り込み済みだったらしい。ゆっくりとした口調で説明する。

「特別養子制度は、一九八七年の民法改正で導入されて、翌年、施行された法律だ。あまり知っている人はいないけど、実の親から籍を抜いて、戸籍上実子になるから、戸籍を見てもパッと見はわからない。でも、『民法817条』って書いてあるから、それはなんだろうって、興味を持って調べればわかるんだよ」

そして閑は少し困ったように笑って、またお茶をひと口含む。

「それでやっと納得できた。神尾家の誰にも全然似てないのも、末っ子の俺が、やたらかわいがられているのも、血が繋がってなかったからだって。で俺が養子だって知ってしまったことは、すぐに家族にばれて、まぁその後いろいろあったんだけど……今は、神尾家の末っ子としてちゃんと仲良くやってる」

「そうだったんですね……」

小春は閑の言葉を聞いて、言葉を失ってしまった。

なにも知らない自分が、神尾家の中のことを口にするのはおかしいかもしれない。けれど今、閑が口にした言葉は、ひっかかった。

(血が繋がってないから、かわいがられて、気を使われてた?)

兄妹の末っ子が甘やかされるのは、よくある話だろう。そうだ、閑がかわいがられるのは彼自身が魅力的だからだ。だから閑は傷ついたりしなくていいのだと、伝えなければと思った。


そう言おうと思ったのだが、小春はハッとした。

「えっ、末っ子……？」

心臓が、ドキンと跳ねる。おそるおそる顔を上げると、

「うん……ごめん」

閑は唇を噛みしめて、うつむいた。

「俺、五人兄弟の末っ子なんだ。一番下」

「だったら……その、週に一回、掃除に来てた〝弟〟って……？」

嫌な予感がする。部屋は静まり返っているのに、ざわざわと不穏な気配がして、息がうまく吸えなくなっていた。

閑は硬直する小春を見て、少し悲しそうな顔をした。その表情の意味はわからない。けれど愉快なことではないというのは間違いないだろう。

「俺の部屋を掃除してたのは、知り合いの女の子なんだ。二十歳《はたち》の女の子。一年前からやってもらってる」

「――っ」

強張る手をぎゅっと膝の上で握りしめる。当然、閑がこれほど言いにくそうにしていたから、そういう答えが返ってくるのはわかっていた。

(部屋の掃除をする女の子……)

「そうですか……わかりました」

小春はかすれた声でそう言うと、椅子からゆっくりと立ち上がった。ギギギ、と椅子が音を立てる。

(わかったって……なにが?)

本当に、なにがわかったのか自分でもよくわからない。ただ、この場にいたくなかった。それだけだ。

「小春ちゃん、待って。まだ話は終わってないから」

一方閑は、椅子に座ったまま落ち着いた様子で声をかけてくるが、小春は唇をわななかせる。涙をこらえようとしたら、少し声が震えた。

「どっ……どうして、待たないといけないんですか?」

その女の子がどんな立場であれ、閑には自分に説明する責任などないではないか。

「どうしてって……聞いてほしいからだよ」

自分はこの場でひっくり返って泣きたいくらいなのに、閑はひどく落ち着いていて、優しくて――。

彼にそんなつもりはないとしても、まるで子供に言い聞かせているかのようで、一方的に傷ついている自分が、ひどくみじめな気分になった。

「そんなの閑さんの勝手じゃないですか！　今まで秘密にしてたくせに！」

そんな彼を、勝手に好きになったのは自分なのに――。

小春の心は、激しく荒れていた。

「っていうか、その女の子がどこの誰だって、私には関係ないです！」

自分が口にしているのは、ただのやつ当たりだ。わかっている。

けれど、自分ではない女の子が、この部屋にいて、当然のように閑の部屋をきれいにしていたのだと思うと、冷静になれなかった。

身をひるがえすと同時に、小春がテーブルから離れるよりもずっと早く、閑が立ち上がり、小春の手首をつかんでいた。

「はっ……離してっ！」

つかまれた右手を引くが、びくともしない。力を込めてさらに引こうとしたが、閑は無言で小春の手首をつかんだまま、立ち尽くしている。

彼が、知らない人に見えた。小春の知っている閑は、いつだって優しくて……甘い意地悪をすることはあるけれど、こんな風に無言で手首をつかんで、自由を奪ったりしない。

（なんで……なんでなの⁉）

小春はぎゅっと目を閉じて、うつむいた。全身がブルブルと震え出して、止まらなかった。

「——元依頼人なんだ」

ぽつりと、頭上から声がした。

「日本司法支援センター経由の……いわゆる法テラスの無料相談に来た子だった。十六から夜の世界で働いてて、トラブルに巻き込まれて、にっちもさっちもいかなくなった時に、たまたま法テラスのことを知ったんだって。詳しいことは話せない。俺も、若かったし、法テラスはボランティアみたいなものだったけど、寝食を忘れるくらい、死ぬ気で頑張って、結果、依頼人の望む形で裁判に勝つことができた。依頼人はひどく感謝してくれて、たまに俺の部屋にマンションのコンシェルジュとやってきて、コンシェルジュが見ている前で、さっと掃除をして帰っていく……鍵を渡してるわけじゃない」

（依頼人……？）

驚いて、小春は息が止まりそうになった。

閑は言葉を続ける。

「最初の頃はね、そんなことをしなくてもいいと何度も言ったよ。でも、彼女は納得しない。恩返しをさせてくれと、やってくる。自分が先生にできるのはこれくらいだからと……。彼女は望まぬ妊娠をして、子供を産んだ女性だ。新しい昼の仕事を見つけたとはいえ、不安だったんだろう。これも、彼女にとって、社会復帰の一部みたいなものなんだと気づいて……だったら飽きるまで、好きにさせようと思った」

そして閑は、つかんでいた小春の手を離す。

「俺の家族のこと、ここに来ていた依頼人のこと……。俺が弁護士を続ける上で、どっちも大事なことだったから。どうしても君に、話したかったんだ」

その声は淡々としていて。むしろ、荒れ狂う嵐のような感情の揺らぎを、必死で抑えているようにも聞こえて——。

「ほんと、こんなこと、君には関係ないのに、無理に聞かせてごめん。おやすみ」

閑はそのまま、立ち尽くす小春を置いて、ダイニングを出ていく。

パタンとダイニングのドアが閉まる音がしたが、小春は身動きひとつとれなかった。

バクバクと、胸の中で心臓が跳ねている。まっすぐ立っているはずなのに、めまいがして、とっさにテーブルに手をついていた。

「私……っ……」

ぐうっと、喉の奥から熱い塊《かたまり》がせり上がってくる。

(私……最初から最後まで、自分のことしか考えてなかった……!)

自分が養子であると告白した閑の気持ち。若くして、社会と繋がりを失いかけていた女性を放っておけず、腹をくくって見守ろうとした閑の決意。

衝撃が大きくてすぐに飲み込めなかったが、彼は言ったではないか。『弁護士を続ける上で、大事なことだったから』と。

彼は、すべてを打ち明けてくれたのだ。

なのに自分は、浅はかにも、若い女性がこの部屋に出入りしていると聞いて、たったそれだけのことで、腹を立てた。自分だって、下心を隠してここにいることを選んだのに、閑に隠されていたことに傷ついてしまった。

(なんて馬鹿なんだろう……!)

だが、女性が元依頼人なら、話は別だ。守秘義務もある。依頼人のことを、一から十まで話せるわけがない。だから嘘をついた。

小さな嘘。ただそれだけ。小春を傷つけるためについた嘘じゃない。なにより職務に真摯《しんし》な閑のことだ。今日の説明だって、死ぬほど悩んだに違いない。

（なのに私、勝手に嫉妬して……やつ当たりして……！）

話そうとしてくれた閑から逃げようとした。

あなたと私は、関係ないと、切り捨て、歩み寄ろうとする閑を拒絶し、傷つけた。

「ううっ……」

涙がぽろぽろとこぼれる。だが必死で唇を噛みしめて、嗚咽《おえつ》を飲み込む。

（私に泣く権利なんかない……）

このまま消えてしまいたかった。情けなかった。人として、最低なことをしてしまったという自覚はある。だがここで声を出して泣けば、閑に気づかれてしまう。

彼はなにも悪くないのに、きっと閑は小春に謝ってしまうだろう。

これ以上、閑に迷惑をかけたくない。

「うっ……ううっ……」

両手で口元を押さえて、その場にしゃがみ込む。

（馬鹿、泣くな、小春……泣くなっ……）

必死で息をのみ込んで、小春は冷たい床に、じっと座り込んでいた――。

キッチンで顔を洗って、小春はコップに一杯水を入れて、ゆっくりと飲む。

気が付けば、小一時間ほど座り込んでいたらしい。動くだけで体が痛い。

(明日から……っていうか、今日からどうしよう……)

小春は手の甲で目の縁に残る涙をぬぐい、深くため息をついた。

さすがにこんなことになって、この部屋に住めるとは思っていない。だが黙って消えるのはもっと悪い。きちんと閑に謝り、それから世話になったお礼を言って、心配させないようにして出ていかなければならない。そうでなければ、閑はまた心配して、小春のために、あれやこれやと無駄な仕事を増やしてしまうだろう。

(だけどどうしたらいいの……?)

泣きすぎたせいか、完全に思考回路が止まりかけている。

「はぁ……」

出てくるのはため息ばかりだ。

そうやって、キッチンのカウンターの前で、立ち尽くしていると、テーブルの上に置きっぱなしだったスマホが、ブルブルとメッセージの着信を知らせていた。

「誰だろ……キミちゃんかな」

時間はすでに午前二時半だ。

おぼつかない足取りで、ふらふらしながらテーブルの上のスマホを手に取ると、【いつでもいいから電話で話せないか?】とメッセージが入っていた。

「お兄ちゃん……」

相手は〝お兄ちゃん〟だ。

そういえば、閑と地下鉄に乗って、日用雑貨を買いに行った時に、【大丈夫だよ、元気だよ】と返したきりだったことを思い出した。

(あの日は楽しかったな……)

あれはたった一週間ちょっと前の出来事のはずなのに、まるで夢物語のような気がしてくる。

閑の優しい笑顔が、鮮やかに脳裏によみがえり、小春はまたぐっと唇を噛みしめた。

(ダメ、思い出すとまた涙が出る……!)

ぶんぶんと首を振り、それから深呼吸を繰り返す。

ダイニングの椅子に座り、どう返事をしたものかと見つめていると――。

なんと突然、〝お兄ちゃん〟から電話がかかってきた。

「わっ……!?」

もしかしたらたまたま、既読になる瞬間を見たのかもしれない。慌てて小春は通話ボタンを押して、声をひそめながら、「はい、もしもし……」と電話に出る。

《――小春？》

「う、うん……」

《急に電話してごめんな》

少しハスキー寄りな、懐かしいかすれた声を聞いて、小春はふっと肩の力が抜けるのを感じた。

「ううん、気にしないで。起きてたから大丈夫だよ」

小春はゆっくりと言葉を選びながら、電話の向こうにいる姿を思い浮かべる。

硬めの短髪に、少し吊り上がった切れ長の目。背が高く、ワイルドな雰囲気があるので、黙っていると怖く見られがちな彼は、オオカミのような見た目に反して、面倒見のいい性格をしている。小春の兄のような存在だ。

小春が東京に出てきてからは一度も会っていないので、たまに電話で話をしてはいるが、声を聞いて懐かしい気持ちになる。

「お仕事、今、終わったの？」

《いや。日付が変わる前にはもう帰ってる》

「それでも毎日遅いでしょう。お疲れさま」

小春の労わりの言葉に、電話の向こうで《サンキュ》と、少し笑う声が響く。

《でもな、そうでもねぇよ。先生のところにいた時のほうが、ずっと厳しかったし。こっちはなんだかんだいって人手は多いから、やることさえやればさっさと帰れるしな》

電話の向こうの〝お兄ちゃん〟が、ククッと笑う。

彼の言う先生とは、小春の父のことだ。彼──平田虎太郎《ひらたこたろう》は、十年前、父の徳島のレストランでアルバイトをしていた青年だ。

最初はただのホール係だったのだが、父の仕事に感銘《かんめい》を受け、本気で料理を勉強したいと一念発起し、キッチンの下働きからスタートした。そして六年前からは、父の紹介で、関西のホテルで料理人として働いている。

十年前、高校を卒業したての十八歳だった虎太郎は、やんちゃな見た目に反して、小春を妹のようにかわいがってくれて、その付き合いは、今でも続いているというわけだ。

《それでさ、電話した件なんだけど。中本さん、店たたむんだってな。お前はいつ帰るんだ？》

「それは……」

おそらく父から聞いたのだろう。すぐに答えが返せず、ごにょごにょと、声が小さくなってしまった。

（本当は年末、帰った時にでも、お父さんに、閑さんとルームシェアしてること、東京にいたいって、言うつもりだったけど……）

それもなくなってしまった。

「――とりあえず、もう少しこっちにいるつもりだけど」

《ふーん……》

ごまかすような小春の言葉を聞いて、虎太郎はなにかを察したようだ。

《男か》

「おっ……!?」

虎太郎の指摘に、小春の声はひっくり返ってしまった。

男――閑の顔が当然、小春の脳裏に浮かぶ。

そう言われたらそうなのだが、だが、『はいそうです』とは口が裂けても言えない。

慌ててスマホに手のひらを添え、極力声を控えながら、必死で否定した。

「なっ……そっ、そんなわけないでしょっ！　なに言ってるのよ、馬鹿っ……！」

《まぁ、いいけど》

「いやいや、だから……」
慌てる小春もなんのその、電話の向こうの虎太郎が、あっさりと話題を切り替える。
《実はな、木曜日からそっちに行くんだ》
「えっ？」
突然の発言に、木曜とはいつの木曜で、そっちとはどっちだと、一瞬頭が混乱する。
《だから、東京だよ》
「なっ、なんで？」
《系列ホテルの研修みたいなもんが、そっちであるんだ。二泊三日で、金曜の夜からオフだから、会えないかと思ってな。それで連絡した》
「ああ……なるほど。うん、わかった」
急な話ではあるが、身内のように大事に思っている虎太郎に会えるのは、やはり嬉しかった。
「じゃあ予定がはっきりしたら、また連絡くれる？」
《了解。じゃ、おやすみ。遅くに悪かったな》
「ううん……連絡ありがとう。おやすみなさい」
電話を切って、ふうっと息を吐く。椅子の背もたれに背中を押しつけて、高い天井を見上げた。

（お兄ちゃん、しっかり者だから……相談に乗ってくれるかな……。でも、閑さんのこと話せるわけないし……って、相談なんかして、どうしたいの。私……）

また泣きそうになって、手の甲でまぶたを覆う。

自分がやらなければいけないことは、閑への謝罪。そして、ルームシェアは解消して、とりあえずでも中本家の二階に戻ることだ。

（お店は年内で閉めちゃうけど、すぐに住めなくなるってことはないだろうし……。おじさんだって、引っ越しの準備があるから、一カ月くらいなら、なんとかなるよね）

閑とのルームシェアをやたら喜んでいたので、『戻ってきました』と告げるのはつらくもあるが、仕方ない。これも自分がふがいないせいだ。自分の責任だ。

（ああっ……もうっ……！）

小春はまぶたの上にのせていた手を下ろし、両手でパチンと頬を叩く。頬にピリピリと痛みが走ったが、痛いくらいでちょうどいい。勢いをつけて椅子から立ち上がると、キッチンへと向かう。

明日、閑にどんな顔をして会えばいいかわからないが、彼を避けることだけはやめたい。

（子供じゃないんだし……ちゃんとしないと！　とりあえず、朝ごはんは作らないと！）

明日の朝──といっても、何時間後かには朝食の時間になってしまうのだが、きちんといつも通りに朝ごはんは作って迎えたかった。

目の端に浮かんでくる涙を手の甲でぬぐいながら、お米を研《と》ぎ始めた。

しゃっ、しゃっ、とお米を研ぐ音がキッチンに響く。

立つ鳥跡を濁さずという。春までどころか、十日ほどの短い期間だったが、振り返ってみても、閑との同居は、楽しいことしかなかったのだから、もう十分だ。

せめて精いっぱいのことはして、それからちゃんと、閑に世話になったことと、これまでの感謝を込めて、『ありがとうございました』とお礼を言って、出ていこう。

小春は泣くのをやめ、そう決意したのだった。

そして迎えた朝──。

数時間だけ横になった小春は、いつも通りの時間に起きて朝食の準備を済ませた後、ダイニングテーブルの椅子に座って閑がやってくるのを待った。

ごはんに大根のお味噌汁、出汁巻玉子、それに鮭を焼いた。テーブルの上には、いつもより少し豪華な朝食が並んでいる。

（ドキドキする……緊張する……。いやいやでも、ちゃんと顔を見てごめんなさいって言わないと……！）

本音を言うと、今すぐにでもマンションを飛び出して逃げたいくらいだが、その気持ちをなんとか押しとどめている。

「ふう……それにしても遅いなぁ……」

時間は七時半になっている。そろそろ食べないと遅くなってしまう。

閑はたまに寝坊することもあるので、もしかしたら今日もそうなのかもしれない。

小春は勇気を振り絞り、閑の寝室の前まで移動して、

「閑さん、起きなくていいんですか？」

ドアの内側に向かって声をかけた。

だが、返事はなく、出てくる気配もない。何度かドアを叩いたが、静かなものだ。

「閑さん……？　開けますよ～？　失礼しまーす……」

そう言ってドアを開けた小春は、息をのんだ。

「あ……」

なんと閑の部屋はもぬけの殻だった。部屋は、ベッド以外には作り付けのクロー

ゼットしかないのだが、そのキングサイズのベッドの上に、いるべき人がいない。

しばらく呆然と、これはどういうことかと立ち尽くしていたが、ハッとしてスマホを見にダイニングへと戻る。すると案の定、閑からメッセージが届いていた。

【急にごめんね。依頼人から朝の五時に連絡があって、急遽大阪《おおさか》に行くことになりました。日帰り予定ですが、変更になるかもしれません。なので俺のことは気にせず、自由に過ごしてください。小春ちゃんの朝食食べたかった！】

それはいつもの閑らしい、気遣いのメッセージだったけれど——。

「気を使わせてる……」

小春は悲しくなった。

昨日あんなことがあったのに、いつも通りで、そして昨晩のことにひと言も触れていないのは、閑が自分に気を使っているからだ。朝食を食べたかったというのも、丸きり嘘とは思わないが、小春のために言葉を選んでくれただけだろう。

(閑さんて、本当にどんな時も、優しくて……怒ったりしないんだな……。なんだか、寂しいな……。いや、私だから、折れてくれてるのかな……)

自分たちは恋人同士でもなんでもない。喧嘩なんてしないに越したことはない。

閑が〝何事もなかったかのように振る舞ってくれる〟その気遣いに乗っかってしま

えば、穏やかに時間は過ぎ去って、楽になれるのだろう。それでも小春は、閑の軋轢《あつれき》をうまないように立ち回る大人の態度が、寂しいと感じていた。

(私、ほんと勝手だな……)

そもそも、体を重ねたあの日のことを、『全部忘れてほしい』と言ったのは、自分だ。好きでもないのに寝てしまったと閑に言われるのが嫌で、先回りして、痛いことから逃げたのだ。そして自分勝手な思い出作りのために同居を始めて、気が付けばこんなことになっている。

(なにもかも自分の弱さが招いたことで……自業自得だ)

小春の涙腺が緩む。もともと泣き虫なのだ。気を張っていても、ふとした瞬間に、ぽろりと涙がこぼれてしまう。

小春はゴシゴシと手の甲で目をこすり、スマホでメッセージを返す。

【おはようございます。昨日は私が悪かったのに、ちゃんと謝れなくてごめんなさい。お仕事頑張ってくださいね】

小一時間悩んで返せたのは、それだけだった。直接顔を合わせていたら、もっと言いたいことを言えたかもしれない。閑が帰ってきたら、また話をする機会があるだろうか。それとももう、遅いのだろうか。

小春の胸に、不安ばかりが広がっていった――。

その日の夕方六時前、夕食の準備をしているところに閑から連絡があった。

【数日帰れそうにない。ギリギリにごめんね】

電話ではなく、帰れない旨を伝えるだけの、シンプルなメッセージだったので、小春も【わかりました。お疲れさまです】とだけ返事をしたのだが、たったそれだけのことで、全身から力が抜けた。

（ハードなんだなぁ……）

槇法律事務所の依頼人は日本中にいて、閑が常日頃、日本中を飛び回っていることは知っていたが、その仕事ぶりは見ているだけで、心配になってくる。夜中まで仕事を持ち帰っていた時は、そこまでして働かなくてもと思ったのも事実だ。

だが、閑の仕事への向き合い方は、小春が今まで自分の中で想像してきた〝仕事〟とはまったく違っている。それはおそらく〝生き方〟なのだ。自分が口を出せる領域ではない。

（っていうか、そもそも私になにかを言う権利なんてないわけだし……）

卑屈になっているわけではなく、真剣にそう思う。

小春は小さい頃から、他人との距離をすごく推し量ってしまう。自分から距離を詰めることがなかなかできない。ひとり娘で、なおかつ両親が多忙で、いつもひとりで過ごしてきたからだろう。友人たちもそうなのだが、希美や虎太郎のように、向こうからグイグイと近づいてくれて、なにかと構ってくれる存在がいたから、なんとかこの年まで生きてこられたようなものだった。

だがそれではダメだ。

(思ったことを口にしなよ、と閑さんは言った。だけど本当は口にしなくても、自分の意思で決めて、行動することが大事なんだとも言ってくれた。本当にそうだよね……)

この年になって気づくことが多すぎて情けないが、それでも知らないままでいるよりずっといい。遅くても少しでも成長したのだと思えたら、それは間違いなく自分の糧《かて》になっているはずだ。負け惜しみでもなく、本当にそう思う。

とりあえず閑が帰ってきたら、なかもと食堂の二階に戻ろう。自分が持ってきた荷物はそれほど多くない。宅配便で段ボールをいくつか送るだけで済む。

「ごはんはもういいか……とりあえず荷物をまとめよう……」

小春はふうっとため息をつくと、自分に与えられた部屋に戻っていった。

お兄ちゃんの襲来

金曜日の夜。ひときわ空気が澄んだ夜だった。

「たーのもーう！」

なかもと食堂のガラス戸が勢いよく開けられる。

「おう、コタロー、久しぶりだな！」

大将がカウンターの中から、笑顔で迎え入れる。

顔を覗かせたのは、ライダースジャケットに身を包んだ、背の高いワイルドな風貌の男で、虎太郎その人だ。

「俺ひとりのために店を開けさせてしまって、申し訳ないです」

虎太郎は恐縮しながらカウンターの前に立ち、深々と頭を下げる。

「なに言ってんだ、コタローは特別だよ。昔は、希美の婿にしたいと思ってたくらいだしな！」

大将はわっはっはと笑って、それから「座りな」と着席を促す。

「えっ、婿って、お兄ちゃん、キミちゃんと付き合ってたの⁉」

ふたりの会話を聞いていた小春は驚きながら、カウンターの椅子に腰を下ろした虎太郎の前にお茶を置く。それを聞いて、虎太郎は肩をすくめる。

「んなわけあるかー。昔、大将と一緒に徳島の店に何度か来てただろ。顔を合わせたのはその時だけだ」

「あ、そっか。だってお兄ちゃんはずっと徳島で、その後は大阪だもんね……。でもちょっと、お似合いといえばお似合いだったかも」

人妻になってしまったが、強気な美人の希美と、年下だが長身ワイルドな虎太郎は、並ぶだけで絵になる。雰囲気もよく似ているのだ。

小春がふふふと笑うと、虎太郎は肩をすくめて「向こうからお断りされるさ」と言って、お茶を飲む。

「そうかぁ～？　俺の見立てだとそうじゃなかったんだがな。まぁ、今となっては過ぎたこととさ」

大将はそう言って、カウンターの上に小鉢を並べる。

ぶり大根、鶏肉と厚揚げのみぞれ煮、酢の物など、大将の手作りのおかずたちだ。虎太郎が来ると聞いて、彼の好物を作ってくれたのだ。大将には感謝しかない。

それを見て、虎太郎が目を輝かせる。

「うわー、うまそう！」

「じゃ、あとは小春ちゃん、頼んだぜ。俺は近所のじじいたちと碁打《ご》ちだからな！」

大将はビシッと碁を打つ真似をしながら、エプロンを外して店を出ていく。

「はーい。行ってらっしゃい、気を付けて」

小春は大将の背中を見送り、戸を閉めてから、冷蔵庫から瓶ビールを取り出した。

「お兄ちゃん、飲むでしょ？」

「ああ。お前も付き合えよ」

「そのつもり」

小春は笑ってうなずき、グラスをふたつ出して、虎太郎の隣に腰を下ろす。

「はい、どうぞ」

虎太郎のグラスにビールを注ぐと、今度は虎太郎が代わって小春のグラスに注いでくれた。

「なんかちびすけが俺にビールを注ぐって姿に、違和感がある」

虎太郎はクククッと目を細めて笑って、それから一気にぐいっと、グラスをあおった。

「ちびすけっていっても、私と五つしか変わらないのに」

小春は思わず唇を尖らせる。

「だけどお前、当時どう見ても小学生だっただろ」

虎太郎は手のひらを胸下に持ち上げて、左右にひらひらと動かす。

「このくらいだった」

そういう虎太郎の目は優しい。きっと十年前のことを思い出しているのだろう。

「えっ……まぁ、確かにその頃は百四十センチくらいしかなかったけど……」

今より十センチ以上低かったのだ。しかも痩せていたから、小学生にしか見えなかったのも仕方ない。

「だろ？　大きくなってよかったよなぁ」

虎太郎は吊り上がった目を細めて、にんまりと笑うと、ひらひらさせていた大きな手で、愛おしそうに小春の頭をクシャクシャと撫でる。

「もーっ……子供扱いして」

小春は笑いながらそれを避けて、そのままぱくりと、虎太郎の箸でぶり大根をつまんで口に入れる。

「お前、メシ食ってないの？」

「食った」

「こら。食ったじゃないだろ？　箸も新しいのを持ってきなさい」

ふざけた小春に、妙に真面目ぶった表情で虎太郎がメッと叱る。

虎太郎は目つきも口も悪いのだが、なんだかんだいって、中身はおぼっちゃまなのだ。

「はぁい」

小春は笑ってうなずき、新しい箸と取り皿を持ってきて、隣に座り直した。

小春が父について徳島に戻ったのは十年前、十四歳の時だった。

一方、虎太郎は県議会議員の三男坊で、せっかく入った大学にも通わず、ブラブラしていたところ、小春の父に拾われてアルバイトとして働くようになったのだ。

当時ははっきり教えてくれなかったが、父が夜の街で酔っ払いにからまれていたところを、虎太郎に助けてもらったのがきっかけらしい。

レストランに、新しいホール係として入った虎太郎を見た十四歳の小春は、『チンピラが来た！』と震え上がったのだが、見た目の恐ろしさに反して、虎太郎は面倒見のいい男で、小春もすぐに虎太郎に懐き、お兄ちゃん大好きっ子になったのだ。

もしかしたら父は、虎太郎のそういうところを、見抜いていたのかもしれない。

「――そういや、お前、その……おばさんと連絡って取ってたりするのか？」

厚揚げを口に運ぶ虎太郎に、小春は首をかしげる。

「おばさんって？」

「――母親」

その瞬間、小春の胸に黒い影のような靄《もや》がかかる。

「お母さん……ね。本当にもう疎遠だよ。新しい家庭があるんだろうし」

十年前の両親の離婚は、母の浮気が原因だった。『好きな人と暮らしたい』と言って出ていった母が、その後どうしているかなど小春は知らないし、父も教えようとはしなかった。

多感な時期だったが、小春は妙に落ち着いていた。感情を爆発させることもなく、仕方ないと受け入れただけである。おそらく両親がそうなることは、なんとなく肌で感じていたのだろう。

「そっか。会いたいとは思わないのか？」

まさかの問いかけに、小春は「うーん……」と言葉を濁す。

「私。本当に、もう、他人っていうか……よその家のお母さんなんだろうなって思ったら、私の入る余地はないというか。いや、私を産んだお母さんなんだろうけど、いきなり出ていって、連絡ひとつよこさなかったお母さんのこと、今さらどういう風に受け止めたらいいか、わからなくて……」

母のことが憎いわけでもなく、恨んでいるわけでもない。ただ、小春が小さい頃から感じていたのは、疎外感だけだ。

仕事に忙しい父と、そのことを不満に思っていたに違いない母の間で、どんな顔をしていいかわからなかった。実の両親にすら、小春は引っ込み思案だった。

友達は欲しかったが、内向的な性格のせいか、作り方がわからなかった。話しかけてもらえるまで、延々黙っているような子だった。

そして気が付けば、誰かを心底好きになるのが怖いという恐怖をぬぐえないまま、大人になってしまった。

世間一般では、無条件に愛してくれるはずの母ですら、自分を捨てたのに――。いったい誰が、自分をずっと、好きでいてくれるのだろう。とても不可能な、叶わぬ夢だと思ってしまう。

(だけど勝手に想うだけなら、傷つかなくていいんだ……)

閑に対してそうであるように、自分が好意を寄せている分には、誰にも迷惑をかけない。行動しなければ、誰の感情も揺らさない。それが小春の選んだ生き方だった。

「そうか。変なこと聞いて悪かったな」

虎太郎はふっと表情を緩めて、着ていたライダースジャケットを脱いで、隣の椅子の上に置く。

「ううん。大丈夫だよ。でもどうして、急にそんなこと聞いたの?」

「ああ……」

なにげない小春の問いかけに、虎太郎が渋い表情になる。持っていた箸を置いて、小春の目をじっと見つめた。

「なんとなくっつーか……」

「なんとなく?」

思わず虎太郎の言葉を繰り返してしまった。

虎太郎は白黒はっきりつけるタイプで、大抵の行動に意味がある。なんとなくなんて、彼らしくない発言だ。

(お兄ちゃん……変だ)

じいっと見つめていると、虎太郎がはあっとため息をついた。

「いや、ごまかすのはやめる。お前ももう子供じゃないしな。俺もそのために会いに来たんだし、研修はついでみたいなもんだ」

そして虎太郎は、ふたりきりではあるのだけれど、声を抑えて、内緒話をするように、衝撃的な言葉をささやいたのだ。

「実はな、俺が働いてるホテルに、お前の母さんっぽい人がたまに来る」

「——え？」

「ブライダルプロデュース会社の、スタッフなんだ。難波《なんば》でそこそこ大手の……副社長だ。打ち合わせで、初めて電話で話した時、声がお前にそっくりすぎて、びっくりしたんだ。でも声が似てるくらい、別に大したことじゃない。そう思ったんだが、その後、顔を合わせての打ち合わせに参加して、驚いた。声どころか、顔まで似てたからな」

虎太郎はそう言って、渋い表情になる。

「しかも話の流れで、その人のプライベートな話になってな。バツイチで、十年前、離婚するまで東京に住んでいて、元旦那はホテルの料理人。娘がひとりいたけれど、会っていない。風の噂で夫の実家である徳島に親子で帰って、イタリアンレストランを開いたと聞いていると。ここまで聞いたら、もしかしてマジかって思うだろ」

そして虎太郎は、重々しい表情で告げた。

「その人の名前は、岡嶋黎子《おかじまれいこ》」

その名前を聞いた瞬間、小春は頭をハンマーで殴られたような衝撃を受けた。

「お母さんの旧姓よ！　嘘……そんなこと……ある？」

小春は唇をわななかせた。思わず両手で顔を覆っていた。

「――小春。どうするんだ」

虎太郎がうつむく小春の肩に手を置く。

「どうするって？」

「岡嶋さんがお前の母親だとしたら、先生と別れた後、再婚なんかしてない。ひとりで大阪で暮らしていて……たぶん、ひとり娘に会いたいと思ってる」

「っ……！」

小春の全身が大きく震えた。

（会いたい……⁉　お母さんが私に、今さら⁉）

「どうして私に、そんなことを決めさせようとするのっ⁉」

思わず大きな声で叫んでいた。

ついさっき、虎太郎に説明したように、小春は母のことを恨んでいるわけでも憎んでいるわけでもなかった。それは母は小春にとって、自分の前を通り過ぎてしまった、手の届かないところにいる存在だからだ。だから仕方ないと、諦めていたのだ。

（なのに……どうして……⁉）

今さら自分のことを想っているかもしれないなんて言われて、どうして平静でいられるだろう。冗談じゃない。

「ずっと……ずっと無関係だったくせにっ……無視してたのにっ……どうして⁉」

「小春」

虎太郎が静かに小春の名前を呼ぶ。落ち着かせようとしているのだろう。それはわかっているが、小春は冷静になれなかった。

「そんなのずるいよ！」

小春は椅子から立ち上がって、唇を噛みしめる。指先からどんどん血の気が引いていくのがわかった。

小春はこぶしをぎゅっと握って、目の前の虎太郎を見返した。

そう、ずるいのだ。一方的に捨てたくせに、会いたいと勝手に思っているなんて、ずるい。そんなことを聞かされて、いったいどうしろというのか。

「そうだな。ずるいよな」

虎太郎は小春の言葉を否定しなかった。そしてゆっくりと立ち上がると、全身をブルブルと震わせている小春の顔を、覗き込んだ。

「会いたいんなら、会いに行けばいい。それで拒否されたら、それはそれで仕方ない」

「そうだよ、そんなのっ……そんなのっ……！」

「だけど、岡嶋さんは勝手に想ってるだけだ。いつか娘に会えたらって……会いに行くわけでもなく、ただ、お前のことを想っているだけだ」

「――っ」

ただ想っているだけ。その言葉がまっすぐに小春を刺す。

「俺が小春の知り合いだなんて、岡嶋さんは知らないし、こうやって小春に伝わることだって知らねぇよ」

そして虎太郎は、きつく握りしめた小春の手をもっと大きな手で、握りしめる。

「だけど俺は、知ったからお前に伝えただけだ」

「……そんなのっ……なんでっ……」

小春の大きな目から、涙が溢れて、頬を伝った。

知りたくなかった。だって、自分の人生に、母親はいなかったから。自分には関係ない、そういうものだと言い聞かせて、悩みから逃れるしか、十代の小春は自分を保つ方法を知らなかったのだ。

「なんで、そんなことっ……?」

自分でもなにを言っているのかよくわからない。ただショックで、唇がわななく。

繋がれていないもう一方の手で、涙を拭っていると、突然、店の戸がガラリと勢いよく開いた。

「その手を、離せ……！」

それは小春にとって一番特別な人で――胸を熱く、切なくする唯一の男性の声だった。

ハッとして顔を上げると、店の入り口に、スーツの上にコートを羽織った閑が立っている。

「……え？」

なぜ閑がここにいるのだろう。彼は関西にいるはずだ。今日帰るとも聞いていない。

自分が見ているものが信じられず、呆然としていると、

「なんだてめぇ。いきなり」

虎太郎が低い声で、うなるようにして閑を見据える。そして小春を守るようにして、もう一方の手で小春の肩を抱き、胸の中に引き寄せた。

「あっ……」

小春はよろめき、そのまま長身の虎太郎の腕の中にすっぽりと包み込まれた。

その瞬間、小春には、閑の目の色が変わった――ように見えた。

「彼女を泣かせるな……」

兄たちとはまるで違うという、宝石のような明るい色の瞳に、ギラリとした光がよぎった。それはいつもの彼らしくない、あまりにも強いエネルギーで。小春はこんな状況にもかかわらず、閑の新たな一面を知ったような気がしたのだった。

閑は泣いている小春を見て、虎太郎に泣かされていると勘違いしたのだろう。

「彼女から離れろ……」

変わらず落ち着いた声だったが、閑の体が熱を帯び、ひと回り大きく見えた。

暴力――。理知的な閑に一番不似合いな、そんな気配を感じた。彼にそんな真似をさせたくなかった。

(あぶないっ……!)

その一瞬で、小春は虎太郎を突き飛ばすと、そのままこちらに飛びかかってこようとする閑の胸に飛び込み、両腕を背中に回した。

「閑さんっ……!」

それを見て、虎太郎が目を見開く。

「はぁぁぁ!? 俺よりそっちなのかよー!」

それまでの緊張感が嘘のように、どこか間が抜けた虎太郎の絶叫が、響き渡ったのだった。

「お兄ちゃん、ごめん……」

「いや、俺こそ悪かったよ。てっきりお前のストーカーかなにかかと……なんつうか、尋常じゃねえ雰囲気だったし」

虎太郎は苦笑しながら小春が淹れたお茶を飲み、ふうっと息を吐いた。

「ストーカーって……そんなわけないいじゃない」

小春は苦笑する。むしろいつまでもウジウジ悩みながらも、想い続けている自分のほうが、よっぽどストーカーだと思う。

とりあえず、落ち着こうとテーブル席に移動した三人は、大将が作った総菜をつまみに、ぽちぽちと自己紹介をした。ちなみに虎太郎、小春は並んで腰を下ろし、小春の前に閑が座っているが、かなり居心地が悪そうでもある。

「なぜこうなったかというとだね……」

閑は苦虫を噛み潰したような表情でお茶を一気に飲み干した後、ため息をついた。

「実は、夕方の予定が急にキャンセルになって、どうしようかと事務所に連絡を入れたんだ。無理して今日帰らなくても、明日でもいいかなと思ってさ。そうしたら大将が事務所にいたらしくって、意味深なことを言うから少し気になって……」

「えっ、おじさんが？」

「うん……。今日、小春ちゃんのところに、男の客が来るって」

「俺のことだな」

虎太郎がなぜかニヤニヤしながら、厚揚げを口の中に放り込む。

「どういう人なのか聞いたら、『小春ちゃんのことを好きな男だよ。まぁ、これ以上は野暮だから、言わねえがな』って……」

「まぁ、俺は小春のことが大好きだよな。合ってるよ。わっはっはっ！」

「そうみたいですね……」

爆笑する虎太郎と、肩を落として落ち込む閑の対比が、なんだかいたたまれない。

小春は慌てて、閑のフォローに回った。

「神尾さんは正義感が強いから、私がお兄ちゃんに泣かされてると思って、勘違いしたんだよ。お兄ちゃんこそ、過剰に反応しすぎだってば」

小春は、軽やかにあははと笑いながら、隣の虎太郎の腕をバシバシと叩く。だが虎太郎は腕を叩かれながらも、まっすぐ視線を閑に向けていた。

「つーか、神尾さん。あんた、小春のなに？　どういう関係？」

「おっ、お兄ちゃん⁉」

小春は椅子から飛び上がらんばかりに驚いてしまった。

「なにって、ほら、この店の権利関係をお願いしてる弁護士の――」

「お前には聞いてない。少し黙ってろ」

ぴしゃりと虎太郎は言い放ち、持っていた箸を置くと、こめかみのあたりを指で押さえながら、ため息交じりにテーブルの上に肘をつく。

「中本さんが世話になっている弁護士なのはわかった。だがそういう話をしてるんじゃない。あんた個人にとって、小春がどういう女なのか、それを聞いてる」

「…………」

その瞬間、閑の目にまた光が差した。攻撃的ではない。強い意志のような光だ。

だが小春はたまったものではなかった。黙っていろと言われて、黙っていられるはずがない。閑を困らせたくない。

『もうやめて』と口にしようとした瞬間、

「俺にとって、なくてはならない、大事な女性だ」

閑はきっぱりと、言い切ったのだ。

「え……？」

小春は驚いて目を丸くする。

大事な女性——。依頼人の関係者のことを、そんな風に言うだろうか。

いや、そうじゃない。虎太郎は〝閑個人〟に小春がどういう存在なのか、尋ねた。

その答えが〝大事な女性〟なら、それは——。

小春の心臓が、早鐘を打つ。

(まさか、そんな……ね……)

そんなはずがない。あるわけがない。自分にそんな価値があるとは到底信じられない。期待なんかしたくない。持ち上げられて、落ちるのが怖い。

小春はぐらつく気持ちを否定することで、平静を保とうとしたのだが。

「——はっきり言えよ」

虎太郎がさらに挑発して、めまいがした。

「おっ、兄ちゃんっ……」

いてもたってもいられなくなった小春が椅子から立ち上がるのと、苛立ったように閑が立ち上がるのは一緒だった。

「今から彼女に告白するから、悪いけど出ていってもらえるかな！」

その言葉は、閑から虎太郎に向けられたもので。

「ええっ‼」

小春はまた驚きのあまり声をあげたが、閑は唯一椅子に座っている虎太郎を、唇を引き結んで見下ろしている。

「――そうか。わかった」

そして虎太郎はあっさりとうなずくと、さっと椅子から立ち上がり、椅子に置きっぱなしのライダースジャケットを手に取って、戸口へと向かっていくではないか。

「お、お兄ちゃん……」

ぽかんと口を開けてその場に立ち尽くす小春を、虎太郎は肩越しに振り返って、ニヤリと笑った。

「まぁ、伊達《だて》に十年、お兄ちゃんしてないからな」

閑を好きだとバレている。どうやら小春の気持ちなど、お見通しということらしい。

「それと、神尾さん。小春は誰とも付き合ったことがねぇから。気遣ってやってほしい。モテねぇわけじゃないんだけどな……俺みたいな血気盛んなイイ男が、そばで見張ってたからだろうな。あはは」

「はい……それは……えっ？」

それまでどこか緊張した表情を浮かべていた閑が、一瞬虚を衝かれたような表情になる。そして閑が、そのまま小春に真顔で視線を向ける。

（どうしてそんな目で私を見るの……？）

まるで信じられないものを見ているような、その閑の目線の意味を考えて。

「あっ……」

小春はビクッと大きく体を震わせていた。

誰とも付き合ったことがないという虎太郎の言葉が、閑に〝あること〟を気づかせてしまったのだ。

そう、あの夜——小春が〝初めて〟だったことに。

本当はなかったことにしていいようなことではないということに——。

（大変……！　なんとか、なんとか言い訳を……！）

小春は焦った。

「いや、あのっ……」

だが動揺のあまり、うまく嘘をひねり出せない。もともと口下手だ。ただ、顔を赤くしたり、青くしたりするだけだった。

そんな様子を見て、閑は確信を強くしたらしい。唇を引き結んで、かすかに震えている。

（ど、ど、どうしよう……！）

閑が怒っているのがわかる。けれど、その怒りは当然だろう。完全に自分が悪い。

「じゃあな。また電話するわ」

虎太郎はそのままがらりと戸を開けて出ていく。

「えっ、嘘っ、この状態で私を置いていくの……⁉　おっ、お兄ちゃん、ちょっと……！」

慌てて虎太郎を追いかけようとしたのだが、立ち尽くして微動だにしなかった閑は、突然ガシッと小春の腕をつかんで、少し強引に引き寄せる。

「悪いけど、今日は逃がさないから」

「っ……」

その目はすごく真剣で、小春は息が止まりそうになる。

「は、はい……」

小春は、しゅんとうなだれた。

（ああ……終わった……嫌われた……軽蔑された……）

好かれなくてもいい、ただ閑のそばにいられたら、思い出が作れたらそれでいい。そうやってずっと、相手の存在を無視してきた自分だ。だから今、その報いを受けなければならないのだ。

小春は泣きそうになるのを必死にこらえて、顔を上げた。

「あの、さ。虎太郎さんって、本当にお兄ちゃんみたいに思ってるだけ?」

一瞬、なにを言われたかわからなかった。

「え……? はい」

なので返事が遅れた。

「ほんとは好きだったとか、ないの?」

閑の言葉が、少しつっけんどんになる。

「いや……好きだったら、お兄ちゃんとは呼ばないです……。今も昔も、ずっとお兄ちゃんです……けど」

小学生にしか見えなかった小春と、チンピラにしか見えなかった虎太郎の間で、そんな艶《つや》っぽい雰囲気や展開になったことなど、ただの一度もない。

そもそも虎太郎は〝きれいなお姉さん〟が好きなのは、昔から一貫している。今付き合っている女性がいるかどうかは知らないが、いたとしたら昔と変わらず〝きれいなお姉さん〟に違いない。

「ふーん……」

妙に真面目な顔をしていた閑は、小春の返事を聞いた後、

「でも、ずっとそばにいて、すごく信頼されてるわけだ」

どこか不満そうな表情に変わった。

「今の俺にそんな権利ないけど……嫉妬で気が狂いそう」

「え？」

嫉妬という単語が、耳を通り過ぎていく。

（閑さんが、お兄ちゃんに……？　なんで？）

首をかしげた瞬間、閑のもう一方の腕が小春の背中を抱き寄せる。そして強引に、
覆いかぶさるように小春の唇を奪っていた。

強引で、一途で、溺愛で

なぜキスされているのだろう。

小春は思考が追いつかない。完全に硬直してしまった。

だが閑は、感情の堰《せき》が切れたかのように、怒涛《どとう》の勢いで、小春の唇をむさぼる。大きな手で腰を抱き、引き寄せ、もう一方の手で、小春の頬を包み込み、上を向かせる。

何度か唇が重なったが、一度も離れることはなく、閑の舌が、強引に小春の口の中に割り込んでくる。

「んっ、んんっ……」

それはかなり強引で。息を継ぐ暇もなく、一方的だった。

（く、く、苦しい……っ！　息が、できませんっ……！）

小春は精いっぱいこぶしを握って、ドンドンと閑の胸を叩く。

するとようやく小春の異変に気が付いたらしい。閑が唇を外して、両手で小春の頬を包み込み、顔を覗き込んできた。

「ごめん、苦しかった？」

「くっ……苦しかった、ですっ……」

なぜこんなことになっているのか、わからないまま、小春は肩で大きく息をして、それから涙目で閑を見上げた。

「あの……どうして」

小春としては、椅子に座って話をするつもりだった。もう逃げたいとは思っていないのだから、ちゃんと最後まで自分の気持ちを説明できるはずだと思ったのだが——。

閑はそんな小春の言葉を遮るように、はっきりと言い放った。

「とりあえず、ゴム買ってくる」

「え……？」

今、閑はなんと言っただろうか。

目を点にする小春に向かって、

「小春ちゃん、持ってないでしょ。コンビニ行ってくるから、いい子にして待ってて。あ、あとね、個人的にはベッドじゃなくて、布団のほうが助かる。俺、シングルベッドだと、たぶん頭ぶつけるからさ」

スラスラと、閑がそんなことを言い始めて、意図がわかった小春の顔は、真っ赤になってしまった。

（ごむ……ごむ……ゴム⁉）

一般的に、ゴムと言われるものといえば、いわゆる避妊具だ。

彼は今から、小春を抱くと言っているのだ。

（う、嘘でしょ……！）

じっと小春を見つめる閑の表情はとても真面目で、嘘や冗談を言っている雰囲気は微塵もない。いや、そもそもこれだけのキスをしておいて、彼の言葉が偽りであるはずがなかった。

（嘘じゃないんだ……）

じわじわと、全身に温かく優しい感情が満ちていくがそれとこれとは別だ。小春は慌てて首を振った。

「ま、待ってっ……」

（無理、無理だよ、無理すぎる……！）

閑に抱かれる心の準備がまったくできていない。コップ一杯のビールのアルコールなど、すでに吹っ飛んでしまったし、そもそも閑がシラフだ。

「ダメ、待たない。戻ってきたらめちゃくちゃ抱くから。聞きたいことも、その時に聞く」

閑はそう早口で言い放つと、そのまま身ひとつで飛び出していってしまった。

「ど……どうしよう……」

呆然と閑を見送った小春は、震える手で唇を押さえる。

嘘でも幻でもない。確かに閑はここにキスをして、小春を抱くのだと宣言したのだった。

（でも……私と閑さんが……えっ⁉）

彼と初めて体を重ねた夜のことが、脳裏に走馬灯のようによみがえる。

強引で、セクシーで、でも甘やかで……。見たことのない閑を見た一夜だった。

（あれを、もう一度⁉）

心臓がありえない速さでドキドキと跳ね、そのまま破裂しそうだ。

「ど、ど、どうしよう……」

しばらく呆然と、食堂の真ん中に立ち尽くしていた小春は、ハッとして、辺りをキョロキョロと見回していた。閑が飛び出してどのくらい時間が経ったのかわからないが、いつまでもこうしてはいられない。

「あっ、閑さん、お布団って言ってたっけ……⁉」

慌てて二階に駆け上がり、使っていない和室の押し入れから、袋状の収納ケースごと客用布団を引っ張り出した。ドスンと床に落ちると同時に、少し埃《ほこり》が舞い上がった。

「けほ……っ」

客間の掃除を最近していなかったことを思い出し、小春はずるずるとケースを引っ張って、自分の部屋へと運ぶ。

小春が使っているのは八畳の洋室だ。シングルベッドと小さなテーブル、クローゼットと本棚があるだけの、ごく普通の部屋だ。

テーブルをよけて、布団ケースを真ん中に移動させていると、

「ここが君の部屋？」

と、突然声がして。

「きゃっ！」

悲鳴をあげながら小春が振り返ると、閑が開け放ったドアにもたれるように立って、部屋の中をしげしげと見回していた。

「い、い、いつのまに！　早すぎませんか⁉」

「そりゃ、ダッシュしてきたし」

閑は笑って、大きな手の中でくるくると、わざわざコンビニまで買いに行った、例

の箱を回してみせる。

「それは……あの……」

「買ってきた」

「なぜむき出しなんです……!?」

「袋に入れてるのを待つ暇が惜しくて。袋いいです！って言って、コンビニ飛び出したんだよね」

妙に真面目な顔で閑が言う。そしてにっこりと、花のように美しく笑った。

(袋いいですって……)

想像すると、おもしろすぎるではないか。

その瞬間、妙に強張っていた小春の肩から、すうっと力が抜けていた。

「ふふっ……ふふっ……あははっ……！　なんですか、それっ……！　そんな、一生懸命にっ……」

両手で口元を覆い、小春は笑い転げる。

すると閑は優しく目を細めて隣にしゃがみ込むと、そのまま小春の上半身を抱き寄せ、耳元でささやいた。

「小春ちゃんの笑った顔が、好きだよ」

「っ……」

「好きだ。すごく……かわいい。大好き」

閑の声は、とろけるような甘さで、小春の心を包み込んでいく。

「で、小春ちゃんは、俺のことをどう思ってる？」

「わっ……私は……」

小春は声を震わせながら、ぎゅっとこぶしを握る。

（閑さん……たくさん言いたいことはあったはずなのに、まず自分から、私に胸の内を明かしてくれてる……）

臆病な自分のために――。

そう思うと、小春は鼻の奥がツン、と痛くなった。

自分の持っている勇気を全身からかき集めて、勇気を振り絞って、閑を見上げる。

「閑さんのこと、すっ……好きでしたっ……ずっと素敵だな、って、思ってて……」

「じゃあどうして、あの夜のことを、忘れてなんて言ったの」

少し悲しそうな声色に、小春の胸は締めつけられる。

「私が、臆病だったからですっ……答えを出すのが、怖くて……！」

その瞬間、小春を抱く閑の腕にぐっと力がこもった。

「――ごめん」

「えっ……？」

小春は戸惑いながら、首を振る。

（閑さんはなにも悪くないのに、どうして謝るの……？）

申し訳なさすぎて、じんわりと目に涙まで浮かんできた。

すると閑はきれいな指で小春の目の縁を優しく撫でて涙を拭き取った後、こつんと、額を合わせてささやいた。

「結局、俺も臆病だった。依頼人の関係者だから、何年も知ってる顔馴染みだから、ほっとけないからと、あれこれ理由をつけて、深く考えないようにしてたし、自分の気持ちに気づいた後も、結局強引に気持ちを伝えて、嫌われるのが怖くて、好きだと言えなかった」

「閑さん……」

「でも、もうそれも終わりだ」

閑の両手が、小春の頬を包み込む。頬を傾けた閑の顔が、ゆっくりと近づく。

「俺に抱かれて……」

かすれた声でささやく閑の明るい、透明度の高い瞳が、濡れたように輝いた。

(私……本当にこの人が、好きだ)

小春の胸に、確信のような思いが広がる。

自分の気持ちは、今まで自分ひとりのものだった。

静かな水面に小石を落とせば波紋が広がるように、誰かの心を揺らして、自分に返ってくることが怖かった。

愛されもしないのに、誰かを好きになって、拒絶されるのが怖かった。

(この恋の先にあるものは、まだなにかわからない……。だけど……私は今、すごく……すごく……幸せだ)

そう、幸せだった。

好きな人に好きと言えた自分が、恥ずかしくも、誇らしくもあった。

(こんなこと、みんな普通に、できていることかもしれないけれど……他人から見たら、馬鹿みたいなことかもしれないけれど……それでも私には、一大決心なんだ……)

「小春……」

もう、〝小春ちゃん〟ではなかった。

シンプルに名前を呼ばれて、胸がぎゅっと締めつけられる。

「はい……」

小春は涙をこらえてうなずいた。

その小春の唇が、閑によってふさがれる。

食堂でいきなりキスされた時とは少し違う。むしろ、あの最初の夜と同じような——そうせずにはいられない、お互いが不思議な力で引き寄せられるようなキス。

チュ、チュッと、軽い音が響いて、ずっと、長い間、柔らかいキスを繰り返す。

閑の指が小春の後ろでまとめていたゴムをするっと抜き取り、大きな手が包み込むように、後頭部を支える。その指が、髪をくしけずりながら地肌を滑って、ぞくぞくと痺れるような感覚がうなじに伝わる。

「あ……」

思わずぶるっと、体を震わせてしまった。

「——大丈夫？」

小春の異変に気が付いた閑が、肩を両手で包み込みながら、労わるように問いかける。

「は、はい……あの、私、閑さんにされて嫌なことなんて、なにも、ないですから……！」

閑を心配させてはいけないと、そんなことを口走った小春だが、その瞬間、閑はぐっと息をのんだ。それからゆっくり息を吐くと、一方の手で、緩いくせっ毛をかき上げながら視線を落とし、低い声でささやいた。

「そんな……俺になにされてもいいなんて」

閑の発言に、小春は耳を疑った。

(――はい?)

自分が言ったことが、微妙に曲げられ解釈されているような気がする。

あわわとうろたえる小春だが、閑は「よかった」とにっこり笑って、そのまま小春をひょいと抱き上げ立ち上がると、ベッドの上にもつれるようにして身を投げ出した。

小春は目を丸くする。

「えっ、ベッド⁉」

頭を打つだのなんだの、言っていたのは閑のはずだ。

「ごめん、せっかく持ってきてもらったけど、布団広げてる暇が惜しい。できるだけ優しくしないとって思ってたのに、困るくらいかわいいこと言うし……もう、本当に俺、我慢の限界」

少し早口で閑はそう言うと、小春が着ていたセーターに手をかける。

「はい、万歳して」

「ええっ……きゃっ！」

あっという間に、セーターが脱がされた。びっくりしていると、閑が身をよじるようにして着ているコートを脱ぎ、スーツの上着を脱ぎ、ベストのボタンを外し、それらを次々にベッドの下に投げ捨ててゆく。

小春に正確な値段などわからないが、閑が身につけているものはどれも一級品だ。スーツだってコートだって、今まで触ったことがないような手触りで、小春はそれらにブラシをかけながら、いつもうっとりしていたくらいだ。間違っても、床の上に投げ出していいものではない。

「あっ、ハンガーに……」

つい、反射的にそれらに手を伸ばそうとした小春の手は、やすやすと閑につかまれてしまった。

「服なんてどうでもいいから……。今は、俺だけを見て……感じて」

閑は目に力を込めて、小春に顔を近づけると、そのままゆっくりと口づけた。

長く唇が触れる。閑の体温を感じる。

キスを終えると、ネクタイを緩めながら、閑は小春の上にのしかかってきた。

「……寒くない？」

膝で立った閑が、ネクタイを投げ捨て、小春を見下ろし問いかける。

「す、少し……」

なんだかんだいって、真冬の部屋だ。興奮しているせいか、あまり寒いとは思わなかったが、尋ねられるとそんな気がする。

なんとなく両腕を撫でるように抱きしめると、肌の表面はひんやりと冷たかった。

「そう。でも大丈夫。すぐに熱くなるから」

閑は不敵に笑ってシャツのボタンをすべて外すと、鍛えた裸の上半身を惜しげもなく明かりの下に晒した。

(う、う、う、うわああ～‼)

酔いに流された最初の夜の、閑のたくましい体のことは当然覚えている。それでも、いざこうやって間近に見ると、恥ずかしい。首から肩、二の腕、胸や脇、すべてにしっかりと筋肉がついて盛り上がっているのだ。

(かっこよすぎて……耐えられない……！)

思わずサッと横に顔を向けると、

「こら、目を逸らしたらダメだろ」

閑が笑って、手のひらで小春の顔を正面に向かせ、そのまま覆いかぶさるように口づける。そしてねじ込まれた舌に、小春の口蓋《こうがい》はねっとりと舐め上げられる。

小春は震えながら、閑のキスを必死で受け止める。舌を絡ませながら、おずおずと閑の首に腕を回す。

「ん、んっ……」

舐められたところから、じわじわとまた震えが広がり、声が漏れた。

（声が出るの、恥ずかしいっ……）

だがやっぱり、どうしても抑えられない。

そうやって口づけながら、閑の手はさらさらと小春の肌の上を滑っていく。

スカートはジッパーを下ろされて、あっという間に抜き取られる。気が付けば、お互い下着姿になっていた。

それもすぐに取られてしまうのかと思ったが、そうではなく、しばらく閑は下着姿の小春の肌を、優しく手のひらで撫でるだけだった。

少し緊張していた小春だが、撫でられているうちに、うっとりと彼の手に身を任せてしまっていた。

（なんだか、猫にでもなった気分……）

小さい頃ならいざ知らず、大人になってこんな風に撫でられたことなど記憶にない。

せいぜい、虎太郎に頭をポンポンされていたくらいだ。

そうやって撫でられていると、自分は今までスキンシップがこんなに気持ちがいいものだと知らなかったことに気づいて、少し残念な気持ちになったが、その初めての喜びが、閑なら悪くないと思い直した。

「――柔らかくて気持ちいいね。サラサラで、でもしっとりしてる」

閑は小春の膝から下を撫でながら、耳元でささやくと、指先を脚の付け根に移動させる。その指先は、小春の柔らかくて弱い場所を、的確に知っているかのようだ。

恥ずかしいと思いながらも、小春は閑から与えられる愛撫に身をゆだねるしかない。

「俺、前の時は、優しくできてた？」

尋ねるその声はとても優しかった。

だが小春の体に触れる指先は、相変わらず、強く、弱く、小春の下着の上をなぞるだけで、わざと焦らされているような気配があった。

「優し……かったです」

小春はそんな閑に戸惑いながらも、素直にうなずく。

実際――閑に抱かれている間、酔っていたのだけれど、小春は夢を見ているような気持ちだった。多少、痛みもあったが、そんなことよりも、ずっと憧れていた彼に抱かれることの喜びのほうが、ずっと大きかった。

本当に、あの夜には、つらいことなどなにひとつなかったのだ。

「そう……君を傷つけてなくてよかった」

そうは言いながら、閑は小春のこめかみにキスを落とすついでに、そっと耳たぶに歯を立てる。

「ん……」

その刺激は、甘い痛みだった。

とろけるような空気の中の、ほんの少しのスパイス。

小春がたまらず息をのみ込むと、閑はふっと笑ってささやく。

「それで俺が、小春が初めてだったの、どうして気づかなかったのか、考えてみたんだけど」

そして閑は、指先を、そろりと下着の中に滑り込ませた。

「たぶん——今日みたいにすごく感じてたからだ。そうだろ?」

はっきりそう口にされて、確かめるように指先を動かされて、小春の顔は羞恥に染まった。

「ま、待ってっ……」

だが閑は小春の願いなど聞いてくれない。

「俺が触れるたびにすごく感じて声をあげてたから、ああ、俺、もしかして好かれているのかなって、それで嬉しくなったんだ」

閑はゆったりした口調でそうささやくと、そのまま体をずらし、小春の隣に横臥《おうが》する。そして、肩で息をする小春の頭を器用に自分の腕にのせ、体ごと向かい合った。

その間も、いたずらな指先は相変わらず動いて、小春を翻弄《ほんろう》していく。

（なんだか、変っ……）

自分の体なのに、思い通りにならない。

「や、ダメっ……」

このままではおかしくなってしまうと、小春は本能的に逃げようとする。

だが、そんなことはお見通しらしい閑が、しっかりと小春の頭を後ろから抱えるようにして、さらに体を引き寄せる。

「逃げないで」

そして軽く上半身を伸ばし、小春の耳元に顔を寄せ、柔らかい耳たぶに歯を立てた。

まぶたの裏で、チカチカと星が飛ぶ。悲鳴をあげたような気がしたが、よくわからなかった。

（クラクラする……）

はぁはぁと肩で息をしていると、

「――すごくかわいかった」

閑が嬉しそうに微笑んで、今度はゆっくりと小春の上にのしかかってきた。そして小春のおでこや、頬、唇、鼻の頭など、ついばむようにキスをしながら、下着をとっていく。

（も、もしかして……いよいよ……）

小春は緊張しながら、されるがまま、身をゆだねていたのだが――。

脚を広げられて、この状況の無防備さにドキッとした。

「あっ、明かり……」

そう、天井には、閑の背後には明々と照明がついていた。初めての夜も明かりがついていたが、天井が高く、部屋が広かったせいか、それほど気にならなかった。だが今は違う。八畳の部屋のＬＥＤライトは明るすぎるのだ。

慌てて脚を閉じ、膝をくっつけると、膝に手を置いたままの閑が、首をかしげる。

その『どうして？』と言わんばかりの表情に、小春は焦った。慌てて上半身を起こして、懇願した。

「ごめんなさい、明かりを消してください……」

「——終わったら消す」

「えっ……?」

「終わったら消すよ」

閑は同じ言葉を二度繰り返した後、手のひらを太ももの中に割り入れる。

「あっ、待って……」

「待たない」

閑はきっぱりと言い放ち、小春の脚を広げて、太ももに吸いつくように口づけ、ささやいた。

「俺、小春のこと、かわいがりたくてたまらないんだけど……同時に少しだけ、イジワルしたい気分なんだ」

「え?」

なぜ、意地悪されるのか、一瞬意味がわからなかった。

「どうして……?」

かすかに目を見開く小春に、閑は穏やかな声でささやく。

「小春はなにも悪くない。だから先に謝っておく。ごめん」

そして同時に、閑の明るい色の目が、鮮やかに艶めく。

狭いベッドにふたりきり。場の勢いで、二度目の夜を迎えそうになっている気がしないでもないが、どうやら閑は小春の想像もつかないような情熱を、内に秘めていたらしい。

「だけど、さんざんじらして俺に火をつけたことは……覚悟してほしい」

閑は声を抑えてささやくと、上半身を屈めて、小春のおへそに口づけ、舌をねじ込んだ。


ふたりの二度目の長い夜が、始まり、そして——閑が部屋の明かりを消し、終わった。

ぼんやりとベッドに横になっている小春を、閑は後ろから抱き、顎を小春の頭頂部にのせるようにして体を寄せる。身長差があるので、こういう体勢になると、小春は閑の腕の中にすっぽりとおさまってしまう。

「大丈夫？　疲れてない？」

「……ん……大丈夫です……」

実際のところ、すごく疲れているのだが、『疲れました』とわざわざ口にすることもない。それにこの怠さは、嫌なものではない。

なにより、背中にぴったりとくっついた閑の体温が嬉しかった。

(今、何時だろう?)

ぼうっとする頭で、ベッドに横たわったまま、窓際の時計を見上げる。

(……四時……えっ、四時……?)

冬だからカーテンの隙間から少しだけ覗く空は真っ暗だが、もう二時間もすれば朝になることに、小春は驚いた。

「閑さん……四時です……びっくりしました……」

「そうだね」

閑はクスッと笑って、それからふうっと息を吐いた。

「なんか俺、必死だったよね。かっこ悪いな」

それを聞いて、小春は驚いた。

「そんな……かっこ悪いところなんか、なにもなかったですよ」

閑の欲望は、まっすぐで、とても強くて、最初は驚いたけれど、小春が本気で嫌がるような場面は一度もなかった。

「ほんとに?」

「はい……むしろ私のほうが、なにかおかしなことを口走ったり、やったりしていないか、気になるくらいで……」

閑はそれなりに経験があるだろうが、自分は閑ひとりなのだ。優しい閑のことなので、黙っているのではないかと不安になってしまう。

「ああ……」

すると閑が、意味深に相槌《あいづち》を打った。

「えっ……やっぱりなにか……？」

胸の奥が、ひやりとする。

「いや、俺のことが本当に好きなんだなぁって」

閑は嬉しそうに、言葉を続ける。

「どんな君を見ても、俺のこと好きで、こうなってるんだろうなぁと思うと……いちいち嬉しくて……テンションが上がった」

「そっ……そうですか」

その瞬間、閑にふさふさの尻尾がついていて、ブンブンと左右に振れるイメージが脳裏に浮かぶ。シベリアンハスキーか、ゴールデンレトリバーか、とにかく大型犬だ。

（テンションって……。閑さん、ちょっとかわいい……かも）

いったいどんな反応をしていいかわからず、若干戸惑ってしまったが、閑は相変わらず上機嫌だ。ぎゅっと後ろから小春を抱く腕に力を込める。

「大事にする」

「閑さん……」

大事にすると言われて、小春は嬉しくなった。自分には、こんな素敵な人に大事にしてもらえる価値があるのだと、泣きたくなった。

「俺さ、仕事……忙しいし……不在がちだけど……」

「はい」

「努力するから……できるだけ、一緒に……いようね……」

「──はい」

次第に閑の声が小さくなり、すうすうと、規則正しい呼吸音が聞こえてきた。

どうやら急激に睡魔に襲われたらしい。

それもそうだろう。ハードなスケジュールで仕事をこなし、休みもない上に、新幹線で移動して帰ってきたばかりだ。

（それも、私に会うために……帰ってきてくれたんだ）

閑に、虎太郎のことを意味ありげに吹き込んだ大将ではあるが、それがなければ、今のこの時間は間違いなくなかったはずで。

引っ込み思案で、なにかあると、怖くなって逃げ出してしまう自分のような人間には、少々強引だとしても、ありがたい手助けだった。

虎太郎や大将、槇先生、周囲の人たちの御膳立てがあったから、こうやって結ばれることができた。

（誰の気持ちも揺らさずに、静かに生きていこうと思っていたけれど……それよりも、素直にみんなの手助けを感謝しよう。そして、恩返しをできるようにしよう……）

小春はそんなことを思いながら、目を閉じる。

そして閑の寝息を聞いているうちに、深い眠りに落ちていった。

彼が私を離してくれません

三時間ほど眠って、自然に目が覚めた小春は、そっと閑を起こさないようにベッドから抜け出した。

（よく眠ってる……）

閑はひさしのように長いまつ毛を伏せて、ぐっすりと眠っている。

狭いシングルベッドの上で、アルファベットのCのような形で眠る閑を見て、小春はほっこりと優しい気分になる。

だが自分が抜けたことによってできた空間が、なんとも寂しく見えて、小春は枕を閑の腕の中に押し込んで、二階から一階へと下りていった。

大将が戻ってきているのではないかと気になったのだが、大将の姿はどこにも見えない。おそらく友人のところに泊まったのだろう。以前から外泊して帰らないことはあったので別にいいのだが、ここで閑と大将が顔を合わせるのも気まずい。どんな顔をしていいかわからないと思っていたので、少しホッとした。

本当はゆっくり湯船にお湯をためたかったが、時間がない。とりあえずシャワーを浴びて着替え、いつものように髪を後ろでひとつにまとめる。

「よしっ……」

ぱちんと両頬を手のひらで挟んで気合いを入れると、小春は調理場へと向かった。

ごはんに大根のお味噌汁、塩サバ、卵焼きの朝食を作った小春は、また二階に上がって、眠っている閑に声をかけた。

「閑さん……」

本当は昼まで寝かせてあげたいところだが、そうすると夜寝られなくなってしまうかもしれない。それに昨晩は、食事もとっていないはずだ。朝ごはんを食べ、シャワーを浴びれば、すっきりするだろう。

小春は裸の閑の肩に、そっと触れて揺らす。少しひんやりして冷たい。やはり熱いシャワーを浴びたほうがよさそうだ。

「閑さん、朝ですよ」

すると閑の鳥の羽のように長いまつ毛が、ぴくりと揺れて、ゆっくりと持ち上がった。少し明るい色の目が、小春にぼんやりと向けられているが、どうも反応が鈍い。

「──あ……さ？」

「はい。朝ですよ。起きられますか？」

「――むりぃ……」

そう言って、閑のまぶたがまたゆっくりと下りていく。

「あ……」

（まさかの二度寝……！）

無理と言われるとは思わなかった小春は、目をぱちくりさせながら、ベッドに腰を下ろす。

「お疲れなのはわかるんですけど、寝すぎると今晩寝られないですよ？」

「うーん……」

「お仕事に差し障ります」

そう言った瞬間、閑はすっきりと伸びた美しい眉頭をぎゅっと寄せて、「ううう」とうなり声をあげた。

「まごうことなき、正論だ……言い返せない……」

「いや、そんなたいそうなことではないんですけど」

小春はふふっと笑って、顔を近づける。

「ね、起きてください」

「じゃあキスしてくれたら起きる」

「――えっ」

まさかの不意打ちのおねだりに、小春はビクッと肩を震わせ硬直してしまった。

「キスって……」

頬にどんどん熱が集まる。

「してくれないの？」

そう言いながら、閑が片目だけ開けて、どこか楽しげに小春を見上げる。

「だって……恥ずかしい……」

長い間、こじらせていた想いが成就したのだから、もっと積極的になればいいのかもしれないが、それができたら苦労はしない。

小春がうつむくと、閑は横たわったまま、小春の頬に手を伸ばす。

「あー……かわいいな」

「え？」

なぜ今、かわいいなどと言われるのか、皆目見当がつかない。

きょとんとする小春を見て、閑はふふっと笑い、そのまま手を首の後ろに回し、小春の体を引き寄せる。

「恥ずかしがる君も、かわいい。本当に、なにしてもかわいいな……」

「え、あっ……」

気が付けば、そのまますするりと、ベッドの中に引きずり込まれ、押し倒されていた。

「し、閑さんっ！」

「ん？」

「ん、じゃなくて！」

小春はぐーっと閑の裸の胸を押し返し、プルプルと首を振る。

「もうっ……そんな元気があるなら、シャワーを浴びてごはんを食べましょう！」

（このまま雰囲気に流されては、人としていけない気がする！）

小春は気合いを入れた目で閑を見上げながら、グイグイと手に力を込める。だがそんな抵抗など、彼にとっては他愛もないお遊びなのだろう。

「どうしてそんなに抵抗するの？」

小春に顔を寄せて、額にチュッとキスを落とした。

「俺は小春をかわいがりたいだけなのに……」

その声はチョコレートのように甘く、胸に迫る。するとどうしても、彼に〝かわいがられた〟濃密な時間を思い出さずにはいられない。

「嫌とかじゃなくてっ……。あのっ、そのっ、いつ大将が帰ってくるか、わからないから……！　それでなんですっ！」

小春にとって正式に、恋人と過ごした朝というのは、これが生まれて初めての経験だ。恋人同士、冬の朝の惰眠をむさぼるというのは魅力的なものだと想像はつく。

ここが閑のマンションであれば、また違ったかもしれない。だが、間借りしている身分の自分としては、だらしないところを家族同然の大将に見せたくないのだ。

そんな小春の気持ちが伝わったのか、

「はぁ……わかった」

閑はしぶしぶといったようにうなずき、ゆっくりと上半身を起こす。背中や腰を覆っていた毛布がずり落ちて、半裸の体があらわになった。

朝陽を浴びてつややかにきらめく閑の体は、まるで石膏像のように美しいが、小春には刺激が強すぎる。いくらそういう関係になったからといって、いきなり好きな人の裸に慣れるはずがない。

「っ……！」

小春は息をのみ、両手で顔を覆って叫んでいた。

「浴室に着替えも用意していますので！　シャワーを、浴びてくださいっ！」

「そんな強く拒まなくても」

「だって、だってっ……」

言葉が出てこないが、どんどん自分の顔が赤くなっていくのがわかる。

（絶対私、耳まで真っ赤だよ〜！）

「はいはい。わかったよ。困らせてごめんね。仰せのままに」

閑はクスクス笑うと、ゆっくりとベッドから下りて、

「あ、さすがにちょっと寒いな……」

そんなことをつぶやきながら、階段をトントンと下りていった。

やっとのことで、閑をシャワーに追いやることができて、どっと疲れが押し寄せてくる。

（もしかして裸で下りていった？　たぶんそうだよね……。いやでも、背中とか、少しだけ見たかったかも……少しだけだけど……）

そんなことを思いながら、小春はゆっくりと手を下ろす。

「ふぅ……」

思わずため息が口から漏れたが仕方ない。まだ心臓がドキドキしている。

（それにしたって、閑さんって、かわいいかわいいって、言いすぎじゃない？）

生まれてこの方、自分をかわいいと言ってくれるのは、希美と虎太郎くらいしかいなかった。いわゆる身内票だ。

なのに突然、予想もしない展開でできた恋人が、口を開くたびに『かわいい』と、とろけるような声で言うのだ。慣れないし、心臓に悪い。

だがいつまでもここで悶《もだ》えているわけにはいかなかった。

「とりあえず目先のことを片付けなくちゃ……」

ベッドのシーツを剥ぎ取り、昨晩閑が脱ぎ散らかしたスーツをハンガーに掛けた後、階下に下りて、シャツや下着、その他をシーツと一緒に洗濯機に放り込む。

そして味噌汁をもう一度温め直していると、

「さっぱりしたー」

閑が調理場に姿を現した。

小春が用意したごく普通の、白い長袖のカットソーにスウェットパンツという姿だが、スタイルがいいので、そんな適当な恰好でもびっくりするほど見栄えがよかった。

「あ、奥のちゃぶ台に朝ごはんを用意しているので、座って待っててもらっていいですか？　暖房も入れてますから」

調理場の奥に和室があって、ちゃぶ台にはすでに卵焼きや魚が並べてあるのだ。

「わかった。なにか運ぶものがあるなら、持っていくよ」

「じゃあこれ、お願いします」

小春は手早くお味噌汁を椀につぎ、お盆にのせ、手渡しする。

「あ、大根のお味噌汁だ。うまそう」

嬉しそうににっこりと微笑む閑は、慎重な手つきで味噌汁を奥の和室へと運んでいった。小春も炊飯器から茶碗に米をよそって、その後を追う。

「いただきまーす」

閑が元気よく手を合わせて、ちゃぶ台を囲んだふたりの朝食が始まったのだが——。

平穏な朝食の時間は、長くは続かなかった。

食事を終えて、ふたりでお茶を飲んでいると、

「年末に、俺も一緒に徳島に行っていいかな」

と、唐突とも思える提案をされた。

「え？　どうして、徳島に？」

きょとんとする小春に、閑は真面目に言葉を続ける。

「小春のご両親に、ご挨拶をしようと思って」

「ごっ、ご挨拶⁉」

ようやく落ち着き始めていた小春の心臓が、口から飛び出そうになった。こぼしてはいけないと、持っていた湯呑みをちゃぶ台の上に置いて、小春は呼吸を整える。

「あの、それはどういう……」

「一緒に住むだろ。ルームシェアじゃなくて同棲だ。だったら挨拶くらいしておかないと」

「それは……そうですね……」

小春はしどろもどろになりながらうなずいた。

確かに閑と恋人同士になったのだから、出ていく必要はなくなった。思い出にしようと気負わなくてもいい、そんな日々がまた始まると思うと、小春の胸は高鳴る。

「……一緒に住んで、いいんですか？」

不安がないわけではないが、小春はおそるおそる尋ねていた。

「当たり前だろ」

閑は驚いたように目を見開いた後、ちゃぶ台を回り込むようにして、小春の隣に移動してきた。

「もしかして、出ていくつもりだった？」

「それは……はい」

今さら隠しても仕方ない。小春はこくりとうなずく。

「改めて、謝らせてください。私、本当に……つまらない嫉妬で勝手に腹を立てて、説明しようとしてくれた閑さんの話を、はなから聞こうともしないで……拒絶して、逃げようとして。それに私、そもそも、あの、初めての夜からずっと、なかったことにしてくれとか、そんなこんなで、身勝手だったから、恥ずかしくて。もう、一緒には住めないと思ったんです」

そして小春は、閑を見上げた。

「許してもらえますか？　私にチャンスを、くれますか？」

閑の明るい色の瞳が、朝日の中でキラキラと輝いている。

ほんの数秒、ふたりの間に、沈黙が流れる。形のよい閑の唇が、ゆっくりと開いて——。

「許さない」

「えっ……？」

閑の返事に、一瞬、心臓がきゅっと縮み上がったが、

「これからずーっと、俺のそばにいるって言ってくれないと、許さない」

彼は穏やかに笑って、そのまま小春の唇にキスをした。

彼の言葉の意味を理解して、重なる唇から幸せな気持ちが、じわじわと広がって小春を包み込んだ。

（ああ……私、本当に幸せだ……泣いちゃいそうだよ）

本当に、あやうく泣きそうになったところで、唇を離した閑が、ゆっくりと顔を覗き込んできた。

「ところで、これのことなんだけど」

「これ……？」

半ば夢見心地の小春は、閑の言う〝これ〟がなんなのかわからず、首をかしげる。

見れば閑は、自分が着ているカットソーをつまんでいる。意味深だが、わからない。

「あ、それだけだと寒いですか？　エアコン入れてるんですけど」

朝食の準備をしながら、暖房は入れたのだが、食堂のある一階だ。なかなか部屋が暖まりにくい。

（どちらかというと、裸でうろうろするし暑がりな感じだったけど……隙間風のせいかな？）

マンションに比べればどうしても、気密性という点で戸建は分が悪いのだ。

小春はエアコンの温度を上げようと立ち上がりかけたのだが、

「待って」

と、小春の腕を閑がつかみ、引き寄せた。

「きゃっ……！」

気が付けば、小春の体はすっぽりと閑の腕の中に包み込まれていた。横抱きにされるような形ではあるが、ぴったりと密着すると、やはり閑の体は温かかった。

「閑さん、どうしたんですか？」

ドギマギしながら、小春は上目遣いで閑を見上げる。

「これ、誰の？」

閑が柔らかい表情で問いかける。そこでようやく意味がわかった。〝これ〟とは、小春が用意した着替えのことだったのだ。

「誰のって。あ、お兄ちゃんのために用意してたものですけど……」

その瞬間、閑の顔が、ぴくりと硬直した。一応笑顔ではあるが表情は硬い。

「あいつ泊まる予定だったの？」

「そうですね……ホテルをとってたみたいですけど、大将と飲んだら朝までコースかなって思ってたので、帰るの大変だろうし……私が勝手に用意してたんですけど……」

そう言いながら、ハッとした。

「あ、大丈夫ですよ、それ新品ですから。下着も全部、買ったものを一度洗っておいただけです」

「いやいや、そうじゃなくて！」

小春の発言に、閑は呆れ返りながら首を振った。

「新品とか、そんなのを気にしてるんじゃない」

そして閑は「はぁ……」と深くため息をつき、がっくりと肩を落とした。

「常々思ってたけど、君は少し無防備すぎるんじゃないかな……？」

「無防備……」

小春は閑の言葉を繰り返す。

もしかして虎太郎に対して、もう少し危機感を持てと思われているのだろうか。

(えっ、でも虎太郎お兄ちゃんはお兄ちゃんだし……。まぁ、血が繋がってないと言われたらそうだけど……でも、私はそんなの関係ないと思ってるし……向こうだってそうだろうし)

虎太郎に自分を女として見られるかと聞いたら、鼻で笑われるに違いない。

「まぁ、確かに彼は信頼に足る人物かもしれないけれど……それでもなぁ……。誰にでもそんな風に接していたら、勘違いする人間もいるんじゃないかな」

閑は眉根を寄せ、ブツブツとつぶやいている。

これは自分が頼りないせいなのだろうか。だがそんな心配は無用だ。

小春はしっかりと閑を見て、首を振る。

「お兄ちゃんのことは別にしても、心配しすぎですよ。私別に、全然モテないし。自分で言うのもなんですけど、どうして閑さんが好きになってくれたのか、わからないくらいです」

そして、えへへと笑ってみせた。

小春としては、それは本心だったたし、閑を安心させるつもりで言ったのだが――。

「小春……」

閑はぎゅっと小春の手を握り、それからゆっくりと顔を近づけ、額をこつんと当てたのだった。

「どうしてもなにも……君は本当に魅力的だよ」

「いやいや、そんな……私なんて」

小春は一瞬ドキッとしながらも、ごまかすように苦笑した。

自分にそんな価値があるとはとても思えない。卑下《ひげ》しているわけでもなく、特別な能力もない自分に、いったいどんな価値があるのかと思ってしまう。

（だって、私の周りは、すごい人ばっかりだもん……）

周囲の環境から、そう思ってしまうのだ。

「うちのお父さんはプロの料理人で……その腕で、店まで持っちゃうし。大将もそうだし。キミちゃんだって学生の頃から英語ペラペラで、そのまま外国で仕事しちゃうくらい優秀で……虎太郎お兄ちゃんだって、料理を始めたのは大人になってからなのに、今はプロだし。そもそも、閑さんだって、弁護士で、とても人の役に立つ仕事をしてて……でも、私はなにもできないし」

周りはみな特別な能力を持っているけれど、自分にはなにもない。

勉強だって必死にやったけれど、人並み以上の結果は出せず、料理だってプロになれるほどのセンスはなかった。

自分は、なにをしても十人並みだ。成人する頃までは、そんな自分に劣等感を抱いていたのも事実だった。今となってはもうそれほどではないが、小春という人間の根幹といえる悩みのひとつではある。

だが閑は、「そういうことじゃないよ」と優しい声で、小春をたしなめるようにささやいた。

「特別な能力があろうがなかろうが、人はみんな平等で、生きているだけで価値があるけれど……小春はいつもニコニコしてるし、機嫌がよさそうでいいよ」

「えっ？」

「機嫌よくいられるって、なかなかできないことなんだよ」

そして閑は、じっと小春の目を覗き込む。

「それに、俺が壊滅的に下手で苦手な、炊事、洗濯、掃除、なんでもできるだろう。しかもただできるだけじゃない。それを毎日、ルーティーンとしてこなせるなんて、すごいとしか言いようがない。尊敬する」

「そんな……」

まさかここまで不相応にも感じる言葉をもらえると思っていなかった小春は、驚きながら、うつむく。

「だって、俺は動くたびに、物は散らかるし、壊れるし。食べ物はいつのまにか冷蔵庫の中で溶けるし」

「とっ……溶ける？」

ギョッとすると、閑は至極真面目くさった顔で、うなずいた。

「小春は知らないと思うけど、液体になるんだ。野菜とかは特に」

「……………」

それを聞いて、小春は、冷蔵庫で液体になる野菜を想像してしまった。野菜が溶ける。固形が液体になる。なんと恐ろしい状況だろうか。

（こ……怖い……！）

小春の顔が、ひきつった。

「あ、引かないで」

そこで閑は慌てたように首を振ると、コホンと咳払いをした。

「だからなにもできないなんて、勘違いだ。基本的にただ生きてるだけで価値がある上に、真面目で、しっかり者で、素直で、働き者で、家事全般、俺がまったくできないことができる。おまけにこんなにかわいいなんて……言うことないだろ。俺が君を好きになるのは当然だ。不思議なことなんてなにもない」

「閑さん……」

まさかの大絶賛に笑みがこぼれると同時に、泣きそうになってしまった。

冗談交じりではあるが、自分を励ましてくれる閑の言葉は、素直に小春の胸に届く。釣り合わないと落ち込まなくてもいいのだと、ほんの少しずつではあるが、受け入れられそうな気がした。

「だからもう少し、自信を持ってほしいな」

「――はい」

小春は涙をこらえたまま、こっくりとうなずいた。

(自分なんか大したことないなんて、口にするんじゃなかった。今まで本気でそう思っていたけれど、考えを改めなきゃ。閑さんの言葉を信じないで、悲しませるなんて本末転倒よね……)

誰かに愛されるはずがない。誰かのことを想っていたとしても、自分ひとりの胸の内に、気持ちはしまっておけばいい。

そんな考えで生きていた小春にとって、それは少し時間がかかりそうではあるが、閑の真心を知って、改めようと思ったのだった。

そんなこんなで、閑と小春は、きちんと恋人同士になり、閑のマンションで改めて、ルームシェアではなく同棲ということになったのだが――。

《そっか、やっとくっついたのねー!》

「き、キミちゃん、今そういうこと言わないで!」

小春は食器を洗いながら、キッチンカウンターの上に置いたスマホに向かって、軽く悲鳴をあげた。

こちらは朝の八時で、ロンドンは夜の十一時だ。東京とロンドンの時差は九時間で、こちらの方が進んでいる。

《だって～。同居するって聞いてからずっと、これは一方的な、小春ちゃんの片思いではないなと思ったし、それからずっと、お父さんといつふたりはまとまるんだって、やきもきしてたくらいだし》

「うう……」

まさかそんな風に見られていたとは。〝ひそかに片思い〟が聞いて呆れる。

（恥ずかしい……）

小春がへこんでいると、スマホの向こうから、クスクスと笑う声がした。

《でもまぁ、安心したわ。あとは……増井のおじさんへの報告くらいじゃない？》

「まぁ、それが、私にとっては一番の難関なんだけど」

小春はふうっとため息をついた。

小さい頃から、父は仕事一筋で厳しい人だったが、一方娘に対してはかなり過保護だった。離婚して、父ひとり子ひとりになったせいもあるかもしれない。

徳島に引っ越してからは、エスカレーター式の私立女子校に小春を進学させ、年頃の男性には近づかせなかった。大学卒業後も、自分の目の届く範囲にいてほしいと、口に出してお願いされたくらいである。

「東京に出てくるのも、ほんと苦労したんだから。きっと美保《みほ》さんがいなかったら、許してくれなかったと思うわ」

家を出たいと言った時は、即座に〝却下〟された。それでも辛抱強く説得を重ね、最終的に、再婚相手である美保が小春の味方になってくれて、父の説得に成功したのだ。それでも、ひとり暮らしは危ないからと許されず、父の親友の家に間借りすることでなんとか許可を得たという過去がある。

「でも、頑張る。ちゃんとお父さんにオッケーもらうから」

ここで諦めるわけにはいかない。いくら反対されようが、東京の、閑のそばにいたいという気持ちは揺らがないのだ。

《そうよ、その意気よ。小春ちゃんは昔から引っ込み思案なところがあるからね。たとえ相手がお父さんだろうがなんだろうが、自分の意思はちゃんと伝えるのよ》

スマホの向こうで、希美が嬉しそうな声をあげる。

「わかりました」

それを聞いて、小春は真面目にうなずいた。

《ところでクリスマスはどうするの？　年末帰るのはいいとして、その前にクリスマ

スがあるじゃない。彼とどう過ごすの？》

「それは――」

小春は少し考えるようにして、視線を天井に向ける。

（世間ではもう、クリスマス……だよねぇ）

そう、気が付けば十二月も半ばを過ぎ、今週末にはクリスマスがやってくる。食堂のある下町の商店街ですら、今月に入ってキラキラした照明で飾り付けられているのだ。普段それほどイベントに一喜一憂しない小春でも、いつもの道がイルミネーションで明るく照らされているのを見ると、やはり楽しいし、ワクワクしてもいた。

「クリスマスは、昼間はいつも通り店を手伝って、ケーキを買って、それからちょっといい夕食を作ろうかと思ってるけど……ほかにはなにも」

同居初日に閑に振る舞ったミニコースのように、少し特別な料理を作って、テーブルをふたりで囲めたらいいな、としか考えていなかった。

《ええっ……恋人同士のクリスマスなのに⁉》

「あっ、プレゼントは用意してるよ！」

閑は毎日スーツなので、よく使っているブランドのネクタイを買っている。とりあえず何本あっても困らないだろうと、小春なりに熟考したものだ。

《そうじゃなくて～。もっと、ロマンチックな計画よ》

希美が信じられないと言わんばかりに、大きな声を出した。

どうやら自分の予定は、希美からしたらありえないらしい。

「でもさ、キミちゃん。私、子供の頃から、家族全員でクリスマスを一緒に過ごしたことがないじゃない？　お母さんだって出ていく前は、フルタイムで働いてたし……。だから当然、おうちでひとりで留守番だったし。中学生くらいの頃は、友達とパーティーしてたけど、高校生にもなったら、みんな彼氏と過ごすようになって。大人になったら、今度は自分がレストランの手伝いだし……あまり、イベントとして楽しめる要素が今までなかったっていうか」

《だから別に、クリスマスは普通でいいってこと？》

「うん……」

経験がないからピンとこないのもあるし、そもそも閑の最近の忙しさを見ている小春としては、クリスマスのために特別なにかをしてほしいとは思わない。

「っていうかね、私は、普通に好きな人と過ごせるだけで、すごく幸せっていうか……それだけで十分なの。特別なことなんて必要ないかなって……」

それは小春の、嘘偽りない、素朴で素直な気持ちだったのだが。

「――かわいくて死にそう」

ふいに近くで声が響いて。

「きゃっ……！」

驚いて体を震わせた小春の背後に、なんと閑が立っており、そのまま後ろから引き寄せるように抱きしめてきた。

朝食を終えた彼は、身支度を整えていたはずだったが、いつのまにか戻ってきたらしい。上等な三つ揃えに体を包んだ彼からは、シャワーを浴びたばかりのせいか、ふんわりとボディーソープの香りが漂う。

《どうしたの、小春ちゃんっ⁉》

小春の悲鳴を聞いて、スマホの向こうから慌てた希美の声が響く。

だが小春だって、口から心臓が飛び出るくらい驚いた。胸の奥が、バクバクしている。思わず我を忘れて叫んでいた。

「閑さんっ！　背後から忍び寄ってくるの、やめてもらっていいですか！」

そこでようやく希美の耳に、うろたえた小春の声が届いたらしい。

《なぁーんだ、びっくりした。神尾さんね》

「おはようございます」

《こっちはもうすぐ日付が変わるわよ》

希美は閑の呼びかけに楽しそうに笑って、

《はい、ごちそうさま。邪魔してごめんなさいね。好きなだけイチャイチャしたらいいわ。またね～》

と、一方的に通話を終えてしまったのだった。

「あっ、キミちゃん、ま、またねっ……！」

抱きしめられたままで、身動きがとれない小春はしどろもどろになりながら返事をし、それから閑をおそるおそる、肩越しに振り返る。目が合うと、にっこり微笑まれて、即座に許してしまいそうになったが、それではいけない。

「閑さん……どうして私のこと、びっくりさせるんですか？」

精いっぱい、怒ってますよと伝わるように、目に力を込めたのだが。

「うーん。かわいい……怒った顔も、すっごく、かわいい」

ところが閑は、まるでぬいぐるみでも抱えるように小春を抱きしめ、それから首筋に唇を寄せ、押しつけてきた。

「キスしたくなる。大好きだよ」

そしてチュッと、甘いキスの音がした。

「あの……答えになっていないんですけど……？」

　突然の好き好き攻撃に、小春は照れながら身をよじって尋ねる。

「答えなぁ……。それは……まぁ、驚く小春がかわいいから？」

「えっ？」

「黒目が丸く大きくなって、昔実家で飼ってたうさぎとか、犬とか、猫とか、思い出すんだよ。かわいいなぁって」

　しみじみしながら、閑は小春の両肩をつかむと、くるりと自分のほうを向かせて、顔を覗き込んできた。

「ほら、小春って小動物っぽいところあるし」

「ええっ……」

　まさかの返答に、小春は目を丸くした。

（意外に神尾家って、動物好きだったのね……。って、それどころじゃなかった）

「閑さん」

「ん？」

「もしかしてそのうさぎとか犬とか猫とかに、子供の頃逃げられてませんでした？」

「んん？」

閑が目をぱちくりさせる。

「好きが高じて、構いすぎた挙句に、嫌われるタイプかなと思って」

両思いになってマンションに戻ってきて数日。小春も閑のベッドで眠るようになったのだが、当然のごとく毎晩抱かれた挙句、常に『かわいい、大好き』の大合唱で、なかなか寝かせてもらえない。

とにかく寸暇《すんか》を惜しんで、小春に触れていたいと願う閑の溺愛に、小春は溺れてしまうのではないかと思ってしまう。

だが小春だって、当然閑のことが大好きなので、彼のすることを嫌だと思うことはない。けれど、それとこれとは話が別で、驚く顔がかわいいからという理由でいちいちびっくりさせられては、たまったものではない。

「……それは」

閑はしらじらしく視線を逸らした後、そっとつかんでいた手を離す。

どこからどう見ても閑は打ちひしがれていた。小春の指摘に、心当たりがあるのかもしれない。犬はまだしも、猫は構われすぎると逃げると聞いたことがあるので、猫あたりには本当に嫌われていたのだろうか。

だが背の高い彼にしょんぼりされると、悲壮感がすごい。途端に罪悪感が襲ってきた。

（言いすぎたかも……）

ものすごく悪いことをした気分になった小春は、慌ててコホンと咳払いをして、首を振った。

「あ、あの、前も言ったと思いますけど、私が閑さんを嫌いになるなんて、ありえないです。その……」

そして小春は両手で閑の頬を包み込み、顔を覗き込む。

「意地悪言って、ごめんなさい」

「小春……」

閑はホッとしたように微笑み、それからそのまま顔を少しだけ近づけた。

「じゃあ、小春からキスしてくれたら許す」

気が付けば、なぜか自分が許される側になっていた。

「それってなんだかおかしいような」

「おかしくない。全然、おかしくないよ」

閑はふふっと笑うと、長いまつ毛を伏せて目を閉じる。

「さぁ、どうぞ」

完全にキス待ち体勢だ。呆れてしまうが、閑はこういうところがやはりやんちゃ坊主のようで、かわいく思ってしまい、憎めない。

「もう……」

小春は苦笑して、うんと背伸びをして閑の唇にキスをした。

即座に閑の腕が小春の腰に回り、体がグッと引き寄せられたかと思ったら、閑が覆いかぶさるようにして、口づけを返してきた。深く、深く、舌までねじ込んで、甘いキスに、クラクラとめまいがしてくる。

「んっ……はっ……」

小春が息を吸うと、閑は優しく小春の頬に手をのせ、ささやく。

「さっきの。俺と過ごせるだけで嬉しいって言った、小春がかわいくて死にそうで、我慢できなくなったから、抱きしめたくなった。わざと驚かそうと思ったわけじゃないんだ。だから嫌わないでくれたら嬉しい」

閑の甘い声に、胸がぎゅっと締めつけられる。

もちろん許さないわけがない。恥ずかしくてたまらないが、黙っていては伝わらないだろう。

小春は勇気を振り絞って、閑を見つめた。

「私、閑さんのこと、本当に大好きです」

まるで子供のような告白だが、小春にとって好きな人に好きと言えるのは大きな進歩でもある。

それを聞いて「よかった」と、閑は安堵したようにため息を漏らす。

「たぶんさ、クリスマス、例にもれず仕事だけど、なんとか都合をつけて早く帰れるように努力するから」

「はい」

小春は恥ずかしがりながら、うなずいた。

忙しいことは百も承知だ。仮に帰ってこれなくても仕方ないと思う。だが、小春のためを思って、努力すると口に出してくれる閑の思いやりが嬉しかった。

「おいしいごはん作って、待ってますね」

「ん……ありがとう。それだけで仕事めちゃくちゃ頑張れそう」

閑は笑って、小春の頬を両手で包み込み、額に口づけた。

驚きの〇〇宣言!?

それから三日後の夜明け前――。

いつものように閑に抱かれて眠っていた小春は、ベッドサイドに置いていたスマホの振動音に、目を覚ました。

「ん……」

小春は重いまぶたを持ち上げて、スマホに手を伸ばして引き寄せる。液晶にはメッセージアプリの通知が出ていた。

(誰だろう……)

液晶の光で閑を起こさないように注意しながら、毛布の中でアプリを開く。たまにある、出会い系のスパムメッセージかと思ったが、そうではなく、メッセージの送り主はなんと義理の母である美保だった。

(ん……美保さん……? こんな時間に珍しいなぁ……)

普段は、徳島から海産物を中本宛てに送ってもらったり、また逆にこちらから東京のものを送った時くらいしか、やりとりはないのだ。

小春は寝ぼけまなこでぼんやりとメッセージを見つめたのだが――。

「ん……？」

書いてある内容に、一気に目が覚めた小春は体を起こし、スマホを握りしめる。

【小春ちゃん、ごめんなさい。私、佑二《ゆうじ》さんと別れるかもしれません】

佑二というのは、父の名前である。

そう、明け方に届いたのは、なんと驚きの離婚宣言だった。


それから数時間後、小春は朝食のテーブルに機嫌よく姿を現した閑に、スマホを差し出した。

「朝からごめんなさい、閑さん。それ、私の義理の母から来たメッセージなんですけど、見てもらえますか？」

「ん？」

スマホを受け取ってメッセージを読んだ閑が、すっと表情を引きしめる。

「その後、私からメッセージを送っても、未読のままで」

「そうみたいだね」

あの後、小春は当然、メッセージを送っている。

【もう決まったことなの?】

【なにがあったの?】

【お父さんはなんて言ってるの?】

それらすべてに返事がないどころか、既読にすらならない。故意に無視されているのか、返事ができない状況なのかもわからない。

不安ばかりが雪のように積もってゆく。

「お父さんはなんて?」

閑の問いかけに、小春は肩を落とす。

「それが、お父さん、携帯を持たない派で……。だからさっき……七時くらいに自宅に電話したんだけど、誰も出なくて。まぁ、市場に仕入れに行ってるかもしれないんですけど……」

「そっか」

閑は顎のあたりを指で撫でながら、少し考え込んだ。

「お母さんは、こんなメッセージを、遊びや冗談で送ってくる人ではないんだよね?」

「はい。そんなことは絶対にしないです。とっても真面目な人だし。本当に、どうしてこんなことになったのか、見当もつかなくて……」

そう言って小春は、ため息をつき、うつむいた。

（美保さん……ほんわかして、あったかくて、ゆったりしてて……瀬戸内の海みたいに心が広い人なのに……どうして？）

突然のことすぎて、まったく理解が及ばない。

関が持っていたスマホをテーブルに置いて、そのまま小春の体を抱き寄せる。

「小春……」

「眠れなかった？　目の下にクマができてる」

「あ……」

関の指摘にドキッとした小春は、頬に手をやった。確かにメッセージを受け取ってからの数時間、一睡もできなかった。仕方なく早くベッドから抜け出して、朝食の準備をしたのだが、自宅に電話をしても誰も出なかったせいで、混乱は続いたままだ。

「俺、全然気づかなくて、ごめんね。起こしてくれてよかったのに……。小春、気を使ったんだろ？」

「そんなの……全然、関さんが気にすることじゃないです。私、もともと眠りが浅いから……」

そして小春は、いったん息を吐き、関の背中に腕を回した。

「私……ちょっと実家に帰っていいでしょうか。とりあえず大将にも事情を話してみますけど、やっぱり気になるので」

「そうだね。それがいいと思う」

閑は小春の背中をとんとんと叩いた後、頭のてっぺんにキスを落とす。

「なにかあったらすぐに連絡して。いや、なくても連絡はして。今どうしてるのかなって、気になるから」

少しからかうような口調になったのは、小春を励ますためだろう。

「はい」

小春はうなずきながら、笑顔を作った後、さらにしがみつくように閑の背中を抱きしめた。

このぬくもりを少しでも覚えておいて、勇気を蓄えようと思ったのだった。

小春は、閑を見送った後、いつものように掃除や洗濯をこなし、なかもと食堂へと向かった。本当は今すぐにでも徳島に帰ろうかと思ったが、ルーティーンとして家事をすることで小春は気持ちが落ち着くので、そうすることにした。

朝は泣きたい気分だったが、大将に会った頃は、だいぶ落ち着いていた。

昼の営業を終え、小春が今朝のことを話すと、

「――ふぅん、なるほどな」

椅子に座って天井をにらみつけていた大将は、ゴブリとお茶を飲んだ後、顎ひげをゴシゴシとしながら、眉根を寄せた。

「知ってました？」

藁にもすがる気持ちで尋ねたが、彼は首を横に振った。

「まさか、知らねぇよ。こないだ夫婦ふたりと電話で話した時も、そんなそぶりなかったしな」

大将にとっても、増井夫婦の離婚危機は寝耳に水だったようだ。

「そうですか……」

もしかして、親友の大将であれば、なにか知っているのではと期待したが、仕方ない。

「店に電話したらいいかとは思ったんですけど、なんだかモヤモヤするし。とりあえず午後の飛行機をとったので、徳島に行ってきます。なにもなければすぐに帰れると思うんですけど……なにかあると思ったほうが、いいかもしれないですよね」

美保は、いたずらであんなメッセージを送ってくる人ではない。だとしたらやはり

状況は深刻なのではないだろうか。

「なーに、案外行ってみれば、ただの夫婦喧嘩で大したことねぇかもしんねぇぞ。そしたらまぁ、一年ぶりの帰省なんだし、積もる話もあるだろう。ゆっくりしてきたらいいさ」

大将はいつもの豪快さでそうやって小春を励まし、送り出してくれたのだった。

羽田《はねだ》発徳島着の飛行機は、予定通り夜の八時前に到着した。

空はどこまでも高く広く、星空が美しい。東京で日々忙しくしているとあまり思い出さないが、空を見上げると帰ってきたのだと、懐かしい気持ちになる。

「さむ……」

コートの前のボタンを留めながら、小春はそそくさとバス乗り場へと向かった。

空港から市内まで三十分程度だ。バスに乗り込むと、急に眠気が襲ってきた。ここまで帰ってきたことで、少し気持ちが楽になったのだろう。

(少し目を閉じていよう……)

発車したバスの心地よい揺れに身を任せ、小春は目を閉じた。

――懐かしい夢を見ていた。

学校から帰ってきたばかりらしい、セーラー服姿の中学生の小春が、夕暮れ、膝の上にアルバムを広げて、ぼうっと家族の写真を眺めている。

手つかずだった荷物の整理をしていて、アルバムを発見したのだろう。そのアルバムは小春の成長記録なのだが、時折若い両親の姿もあって、少し不思議な気分になり、ついまじまじと眺めていたのだった。

（お母さん、笑ってる……こんな時期もあったのにな……）

当然、小春が生まれたばかりの頃は、両親の距離が近いことがふたりの雰囲気から伝わってくる。だがそれは長くは続かない幸せだった。

さすがに見ていられなかった。小春はアルバムをパタンと閉じて、また段ボールの中にしまい込んだ。

一流ホテルの料理人として、仕事に忙殺されていた父は、ほとんど家に帰ってこなかった。母も仕事をしていたが、同時に家のこともしていた。小春はよく手伝っていたので、その点で母を困らせることはなかったが、母はよく冗談のように『うちは母子家庭のようなものよね』と笑っていた。

そんな母の笑顔が減り、ひとりでため息をつく数が増えたと気づいたのは、いつだっただろうか。おそらく中学校に入ったばかりの頃だったはずだ。

だが自分はなにもしなかった。いや、できなかった。自分になにができるのかなど、考えるだけ無駄で。なにもできるはずがないと思い込んでいた。

そして『もしかしたら家族がバラバラになってしまうかもしれない』という予測から、目を逸らしていた。わざと考えないようにしていた。

だから『好きな人と暮らしたい』と言って出ていった母に、小春は後ろめたさのような思いを抱き、感情を爆発させることはできなかったのだ。

言いたいことも言えない。自分の言葉や態度で、なにかが変わるとも思えない。身内に対してすら、遠慮してしまう。

他人から見れば、さぞかしもどかしいだろう。だが小春はそういう少女だった。

けれど、もし、あの時、自分が行動を起こしていたら、なにか変わっていただろうかと、今さらながら思う。

夫婦間に決定的な亀裂が入る前に、自分が声をあげていたら、もしかしたら――？

――ガタン。バスが揺れる。

「あ……」

振動で、うたた寝から覚めてしまったらしい。目を開けると、外は真っ暗で、バスの窓に自分の顔が映った。

おさげではない。ストレートの長い髪が、セーターを着た肩を覆っている。

（大人の、私……だ）

あれから十年。世間では二十四歳は立派な大人だ。だが、おさげの頃の自分と今の自分に、どれだけ差があるのだろう。

子供の頃は、二十歳を過ぎれば当然大人になって、きちんとしていると思ったのに、打たれ弱く、紙のようにペラペラに薄いメンタルは、十四歳の頃とさして変わっていない。相変わらず泣き虫だし、思うことをあまり口に出せないし、口下手だ。

（情けないな……）

小春はこつんと、バスの窓ガラスにおでこを押しつけた。

「はぁ……」

昔の思い出が記憶からこぼれ落ちたせいで、少し憂鬱《ゆううつ》な気分になってしまった。口からため息が漏れて、視界が白く曇る。またいつものマイナス思考が、じわじわと近づいてきている気がした。

（あーっ、もうっ、ダメダメ……！　こういうのやめたいって思ったばかりじゃない！）

小春は落ち込みそうになる自分を、必死に立て直そうと目を閉じる。

閑に出会って、彼を好きになるまで、こんな自分を変えたいなど、思ったこともなかった。だったら、変わりたいと思うことは、すでに進歩だ。だから落ち込むことはない。

『自信を持って』と言ってくれた閑の柔らかな笑顔が思い浮かび、心に浮かんだ焦りのような気持ちが、少しずつおさまっていった。

窓の外は二年前に出ていった時と変わらない、いつもの街並みが広がっている。

腕時計を見たが、駅に着くにはもう十分ほどかかりそうだ。明後日はクリスマスイブだ。街中に近づくにつれて、イルミネーションの装飾が華やかになっていき、小春の胸も少しだけ元気を取り戻していた。

スマホを取り出して、パシャリと窓の外の景色を撮り、閑に送る。

【無事着きました。こっちもイルミネーションがきれいですよ】

向こうも、たまたまスマホを見ていたのだろう。すぐに既読になり、【お疲れさま。後で電話するね。なんかもうめちゃくちゃ声が聞きたい】というメッセージが返ってきて、小春は頬が緩んだ。

(とりあえず、帰ったらまず美保さんに話を聞いてみよう)

あのメッセージ以降、義母から連絡はないが、まだなにもわからない段階で、あれやこれやと邪推するのはよくない。そして問題が解決すれば、すみやかに帰ることもできるし、クリスマスを閑と過ごせるはずだ。

(大丈夫、大丈夫……きっとなにかの誤解に決まってる)

スマホをまたバッグにしまい込んで、小春は背筋を伸ばし、唇を引き結んだ。

だが、意気込んだ小春の気持ちは、シュルシュルと空気の抜けた風船のようにしぼんでしまった。

「誰も……いない……」

そう、自宅マンションには誰もおらず、家の中は真っ暗だった。

時計の針は夜の九時を回っている。レストランで働いているに違いない父はまだしも、美保は家にいるはずだ。

「もしかして、美保さんも店かな……でも、手伝うのはお昼だけだし」

クリスマスが近いので、当然予約でいっぱいのはずだ。手伝いに行っているのかもしれない。

とりあえずそう自分に言い聞かせる小春だが、家中の明かりをつけていくうちに、異変に気が付いた。

「なんだか、荒れてる……？」

一見、物は整理されて片付いているように見えるのだが、テーブルの上や水回りに、うっすらと埃がかぶっている。美保は小春に負けず劣らずの整理整頓好きで、じっとしていられないタイプの人間だ。小春が上京したため、一緒に暮らしていた期間は短いが、『性分なのよ～』と笑いながら、ちょこまかとあちこちを拭いたり片付けたりしていたことは忘れられない。

「えっ……っていうことは、美保さん、ずっと家にいない？」

小春は息をのんだ。心臓がバクバクする。

もしかしてすでに美保は決意を固めているのだろうか。あのメッセージをくれた時点で、離婚すると決めて家を出てしまっていたのだろうか。ここに彼女がいない以上、そうとしか思えない。

小春はバッグからスマホを取り出して、美保の携帯に発信する。しばらく呼び出し音が鳴ったが、彼女が電話に出ることはなかった。

「はぁ……」

思わずため息が漏れたが、それどころではない。

無駄かもしれないと思いながらも、もう一度美保にメッセージを送ることにした。

【こっちに帰ってきて、今家にいます。美保さんいないから、びっくりしました。いつでもいいので連絡ください】

そして今度は、閑にメッセージを送る。

美保がいないこと。おそらく数日帰っていないこと。とりあえず父の帰りを待って、話をしようと思っていること。

頭の中が混乱していて、あまりうまく説明できた気がしなかったが、閑には事前に伝えておいたほうがいいと思ったのだ。

閑は後で電話してくれると言っていたが、父が戻ってきたらそれどころではないだろう。送ったメッセージは既読にならなかったが、とりあえず【父の帰宅を待って、またわかったらこちらから連絡します】という言葉で締めた。

「電話、したかったな……」

小春はスマホの画面を見つめながら、深いため息をついた。

それから小春は、父の帰宅を待った。店に電話をしてもよかったが、父は仕事中に娘からの電話に出たりはしない。娘を溺愛してはいるが、それとこれとは話が別だ。なによりも自分の仕事に誇りを持っており、家庭を優先することはない。

（そのせいで、一度うちはダメになっちゃってるわけだけど……もしかして二度目？）

そうなるとさすがにつらい。美保は本当に優しくて、素敵な女性だ。彼女を悲しませるような真似を、父にしてほしくない。

小春はため息をつき、とりあえず自分の部屋に荷物を置いて、うっすらと汚れた家の中を軽く拭いて、掃除して回った。

それから、時計の針が夜中の一時を回った頃、ようやくドアの鍵が開く音がした。

掃除を終えて、お風呂を済ませていた小春は玄関に向かう。

「お父さん、お帰りなさい」

「っ、こっ、こっ、小春⁉」

黒のウールのコートを着た父は、玄関に出迎えた娘を見て、ひっくり返りそうなくらい驚いていた。それもそうだろう。今日帰るとはひと言も言っていないので、まさに青天の霹靂《へきれき》に違いない。

「――おっ、お前、どうして？　年末じゃなかったのか？」

父――佑二はあきらかに挙動不審になり、視線をさまよわせながら、ハハハと笑った。

「そのつもりだったけど……用事ができて」

小春はそう言いながら、父をじっと見つめる。

「なんだ？」

その小春の意味深な視線を受けても、父は答えようとはしなかった。何事もなかったかのようにさっさと靴を脱ぎ、家の中へと入っていく。

小春も慌ててその後を追い、「お父さん！」と背中に向かって声をかけた。

「私に言わなくちゃいけないことない？」

すると父は肩越しに振り返って、若干渋い表情になる。

彫りの深い顔立ちに、少し痩せた長身。白髪のベリーショートで、年のわりにはだいぶ若く見えると昔から言われていたが、さすがに年を取ったと思う。当たり前だが、自分が子供から大人になったように、父も年を重ねているのだ。じっと見れば、表情に疲れが見て取れる。もちろん仕事が忙しいのもあるだろうが、それだけではないだろう。妻が出ていくという状況は、相当なストレスになっているはずだ。

だが佑二は、小春の視線を受けても、相変わらず黙っている。もしかしてしらばっくれるつもりなのだろうか。隠し通せるとでも思っているのだろうか。いったい娘をなんだと思っているのかと、小春は軽く憤慨しながら、体の前で腕を組んだ。

「なんだじゃないよ、お父さん。これ、どういうこと？　どうして美保さんがここにいないの？」

「……美保と連絡を取ったのか」

「取ったっていうか、昨日、メッセージもらっただけ。その後連絡してるけど……全然返事はないし、電話も出てもらえない」

「そうか」

佑二は軽くうなずいて、着ていたコートを脱ぎ、ソファーの背もたれにかける。

「いったいなにがあったの？　まさか本当に離婚しちゃうの⁉」

小春の剣幕とは裏腹に、父は大きな手で自分の頭をつかんで、こみかみのあたりを押さえて黙っている。父は片頭痛持ちなので、昔からよく見た光景だった。幼い頃は、そんな父がかわいそうで、よく肩や首をもんであげたものだ。

だが今は両親の離婚の危機だ。そんなことを懐かしんでいる余裕はない。

「お父さん、なんとか言ってよ！」

すると佑二はソファーに腰を下ろして、苦虫を嚙み潰したような表情のまま、首を振った。

「小春には関係ない」

「――は？」

思わず素っ頓狂な声が出た。

それもそうだろう。この状況でそんな態度を取られるいわれはない。

「なに言ってるの、お父さん」

小春は唇をわななかせる。

「美保さんは私のお母さんだよ。家族でしょ。関係ないわけないでしょ」

一緒に暮らした期間は短いが、それ以前に父のレストランで一緒に働いていたのだから、彼女の人となりはそれなりに知っているつもりだ。

「いったいなにがあったの」

十年前、両親の離婚話は事後報告だった。好きな人ができたからと出ていった母にも、それを黙って受け入れた父にも、なにも言えなかった。だが今は違う。

小春は一歩も譲るつもりはなかったのだが、

「これはお父さんと美保の問題だ。小春に話せるようなことはなにもない」

佑二はそうぴしゃりと言い放つと、すっくとソファーから立ち上がって、自分の部屋へと向かう。

「えっ……ちょっと、お父さん!?」

慌てて追いかけたが、ドアは目の前で閉められる。すぐにノブに手をかけたが、どうやら父は鍵をかけたようだ。ガチャガチャとノブを回す、虚しい音だけが寒々しい廊下に響いて、小春はめまいがした。

「――嘘でしょ……」

ほんの少しの間、事実を受け止めきれず呆然と廊下に立ち尽くしていたが、次第にだんだん腹が立ってきた。

聞かれたくないことから逃げて、いったいなんになるというのだ。だが同時に、こういうところは、自分は父に似たのかもしれないと、情けなくもなる。

「それでもっ……鍵を……かけるなんて……子供みたいなことしてっ……！　お父さんの、馬鹿っ！」

力いっぱい叫んだ後、小春は自分の部屋に戻ってボストンバッグをつかみ、マンションを飛び出していた。

「最低、さいてーい！」

（もうっ……なんなの⁉　ほんと、意味わからない！）

学生の頃の友人のところへ行くことも考えたが、さすがにこの時間に連絡することはできない。スマホで今から泊まれるホテルを探すと、すぐに見つかった。

「空いててよかった……」

もうだいぶ遅い時間で、身も心もくたくただ。

駅前のビジネスホテルにチェックインした小春は、狭いシングルベッドにそのまま身を投げ出すようにしてダイブする。

「うー……」

ホテルならではの弾力のあるベッドは気持ちよかったが、ふとした拍子に、頭の中に、仏頂面で『関係ない』と口にした父の顔が思い浮かんでしまう。胸の奥がザラついて、吐き気がする。思い出したくないのに、考えずにはいられない。

「む……ムカつく……」

思わずそんなことを口走っていた。

父には父の考えがあるのだろう。きっと父は、あれでも小春を守っているつもりなのだ。たぶんなにか面倒なことが起こっているから、娘と距離を置きたいだけな気がする。普段溺愛されている自覚があるから、そのくらいの想像はできる。

だが、当事者になって改めて、身にしみた。相手を巻き込まないようにと距離を置こうとする行為は、まったくもって相手のためにならないのだ。

（まるっきり、ちょっと前の私だ……）

こうなると、反省しかない。しばらく自問自答したり、いったいどうすべきかと迷いつつ、枕に顔を押しつけてうなっていたが、いつまでもこうしているわけにはいかない。しぶしぶ体を起こしてシャワーを浴びたが、実家で起こった衝撃的な事件に、頭は冴《さ》える一方だった。

（さすがにもう閑さんに連絡できる時間じゃないわ……）

バスルームを出た小春は、ドライヤーで髪を乾かしながら、スマホを見つめたが、諦めて、朝にでも電話をかけることにした。

頭は冴えていると思ったが、気が付けば朝までぐっすりだった。

「いま……なんじ……？」

ふわふわとあくびをしながら枕元に置いていたスマホを見ると、ちょうど八時になろうかとしている。いつもよりだいぶ寝坊してしまった。自分ではよくわからないが、疲れているのかもしれない。

「今なら、連絡取れるかな……」

とりあえず閑のスマホに電話をかける。

《おはよう》

タップしたらすぐに閑の声がして、驚いた。

「わっ……！」

《わっ……って。そっちからかけておいて、どうして驚くの？》
スマホの向こうで、閑がクスクスと笑っている。
「すっ、すみません、コール音鳴ってなかったような気がして……おはようございます」
小春も苦笑しながら、ベッドの縁に座り直した。
《実は俺も、ちょうどかけようと思ったところでかかってきたから、びっくりしたんだけど》
閑の単純な言葉が嬉しくて、胸が弾む。
「以心伝心ですね！」
《んー、なんで朝からそういうかわいいこと言うかな》
閑の甘い声が、耳元で響く。
《小春がここにいないの、ちょっと耐えられないよ。ぎゅっとして、キスしたい。今すぐに》
「し、閑さんったら……」
閑の甘いささやきが、小春の全身に痺れのように広がっていく。顔が赤くなっていくのがわかる。そんな場合じゃないと思うのに、胸が甘くときめいてしまう。

（もう！　朝から、閑さん、甘すぎる……！　そんなことを言われたら、私だってすぐに、閑さんのもとに、飛んで帰りたくなるじゃない……）

もじもじしながら、手のひらで顔をあおいでいると、

《で、昨晩はどうだった？》

閑が本題とばかりに尋ねてきて、小春も我に返る。

そうだった。浮かれてはいられない。

「あ……それなんですけど。帰ってきたお父さんに聞いても、関係ないって、それだけで。私になにも話すつもり、ないみたいなんです」

《え、関係ない？》

「そうなんです。ないわけないじゃないって言ったんですけど、逃げられて……」

かたくなに娘を拒絶する、バタンと閉じられたドアのことを思い出すと、小春はまた腹が立ってきた。

「でもその……身内だからってかばうわけじゃないんですけど、たぶん私を問題から遠ざけたいがゆえだと思うんです。だけどそんなの、理由にならないし。私だって、家族の一員なわけで」

《そうだね。当事者だ》

閑が相槌を打つ。

「でも、お父さんにとって私は中学生のままというか……ずっと子供扱いされてたんだって、今さらわかったりして。複雑ですけど……」

そして小春は、そのまま後ろ向きにベッドに倒れ込んだ。ぼふっと音がして、少し気が抜けた。だからなのか、素直な気持ちがそのまま口をついて出る。

「情けないですよね。私、家を出るまで、いろんなことを子供扱いされてて、確かに窮屈に思うこともあったけど、ある意味、すごく楽して生きていたんだなって……。本当に今さらだけど……落ち込みます」

だから、こういう状況になって初めて、さぁいったい自分はどうしたらいいのかと、立ち止まってしまうのだ。自分は今までどれだけ甘えていたのだろうと、胸がヒリヒリする。

《別に情けなくなる必要はないよ》

閑が優しく諭す。

「でも……今回のことで、私、反省すると同時に、お父さんと同じこと、閑さんにしてたんだって、やっと気づいたくらいで」

するとと、電話の向こうの閑が、ふっと笑う気配がする。

《人は、失敗する生き物だ》

「え？」

唐突とも思える彼の言葉に、小春は目を丸くした。

《弁護士という仕事をしていると、すべてを完璧にこなしているって思われがちなんだ。でもさ、依頼人、裁判所、あちこちで多くの人と関わっていると、自分も気づかないうちに、思いもよらない形でミスを犯してしまうことは、普通にある。だから、日頃からミスをしないように気を付けるし、仮に致命的なミスを犯してしまったらどうするべきか、その対処法を事前に学んでおくことが、とても大事な業務のひとつなんだけれど、これは弁護士という仕事の上だけのことじゃないと思うんだ》

そこで関は、さらに優しい声で、小春に語りかける。

《大事なことは、自分に限らず誰だって失敗すると、認識しておくことじゃないかな》

「誰だって……？」

《そう。完璧な人なんていない》

「私も……お父さんも」

《うん、そうだ。どんな人だって、その失敗を乗り越えて、やり直せるんだよ》

その声を聞いた瞬間、小春の目にじわりと涙が浮かんでいた。

（ああ……閑さんって、本当に優しい人なんだ……）

人は失敗する、けれどやり直せる。その言葉でどれだけの人を救ってきたのだろう。

小春は目の端に浮かんだ涙を指でそっとぬぐって、

「閑さんの弁護士という仕事は、天職なんですね」

そう言わずにはいられなかった。

電話の向こうの閑は、軽く含み笑いをする。

《そう言ってもらえるのは嬉しいけれど、俺自身、弁護士を目指したきっかけは、他人からしたら大したことない、ちょっとしたことだったんだ》

「え、そうなんですか？」

学生の頃から弁護士になることを考えていたはずだ。てっきり、壮大で大きな理由があったのではないかと思っていた小春は、少し驚いてしまった。

《まぁもちろん、自分が養子だってことがきっかけにはなってるよ。だけどね、法律を好きになったのは、もとの家族や今の家族に対して、特別思うことがあったからではないんだよね》

「じゃあ、どうして……？」

《戸籍に〝五男〟って書いてたからだよ》

その瞬間、電話の向こうではっきりとそれを口にする閑の顔が、小春の脳裏に浮かんだ。どこか清々しさを含んだ、閑の強さを感じる。しっかりと二本の足で立ち、背筋を伸ばし前を見ている。そんな閑の姿が、手に取るようにわかったのだ。

《それまで俺は、神尾の家でひとりだけ見た目が違う、異分子だって思っていた。だけど〝五男〟という文字をじっと見ていたら、ああそうか、血が繋がっていなくても、俺はこの家の五男なんだ、お父さんとお母さんの、実の子供なんだって思ったら、安心できたんだ。法律ってすごいな、おもしろいなってね。それが理由。それだけだよ。だからそんな褒めなくていいって》

そして閑はクスクスと笑った。

天職だと言われたことに対して、照れての謙遜《けんそん》のような雰囲気ではあるが、閑の真意はわからない。けれど閑の語り口は、あれこれと悩んでいる小春を、いつも励ましてくれる。閑の強さが、自分もそうなれるのではないかと思わせてくれるのだ。

(この人を好きになってよかった……。間違ったり、失敗してばかりの私だけど、このことだけは、大正解だって、胸を張って言えるわ)

小春はそんなことを思いながら、ゆっくりと口を開く。

「ありがとうございます。なんだか勇気が出ました」

《なにが？》

閑は笑ってそれを否定する。

こういうところが、また好きだなと、小春の胸はきゅんとする。

「とりあえず今から、美保さんに会いたいって連絡取ってみます。お父さんは無理そうだし……また、なにかわかったら電話しますね」

そして小春は電話を切ろうとしたのだが、

《なにもわからなくても電話してよ》

すかさず閑が甘い声でささやいて、心臓がドキッと跳ねた。

「えっ？」

《だって声聞きたいしね。当然だろ》

「もっ、もっ、もう～～‼」

隙あらば甘いことを言う閑に、小春の心臓は毎回唐突に驚かされている。

「あんまりドキドキさせないでください、健康に悪いから！」

小春の悲鳴に、《でも、俺の正直な気持ちだよ》と閑は楽しそうに笑い、明るい雰囲気のまま、電話を切ったのだった。

「さて……」

朝から元気をもらえた小春は、改めてスマホを手に取って、美保に告げる言葉を考え、送信する。

父と話したが相手にしてもらえなかったこと、家を出て駅前のビジネスホテルに滞在していることを正直に書き、それからシャワーを浴びる。いろいろ気にはなるが、話をしないことには始まらないのだから、焦っても仕方ない。

「あ〜、さっぱりした〜」

タオルで濡れた髪をゴシゴシと拭きながらスマホをチェックすると、メッセージが既読になって、なおかつ返事まで届いていた。

「美保さん……」

小春はドキドキしながらメッセージを読む。

【小春ちゃん。連絡無視するような形になっていてごめんなさい。実は昨晩まで、少し寝込んでいたの。今朝はもう大丈夫。今は、友人の家に泊めてもらっています。私も小春ちゃんにはちゃんと話さないといけないと思っていたから、今からでも会いましょう】

返事がきたことにはホッとしたが、体調を崩したというのは心配だった。

（大丈夫かな……無理してないかな）

とりあえずホテルの名前を告げると、ここから徒歩圏内のコーヒーショップを指定された。時間は一時間後。まだ余裕がある。

「よし……」

ほっとすると同時に、少しお腹が空いてきた。昨日はとても食べる気にはならなかったのだが、これも少し気分が持ち直してきた証拠だろう。

「とりあえず、朝ごはん食べよう」

ホテルの一階にカフェが併設されていたはずだ。小春はバッグを持って、元気よく部屋を飛び出していた。


食事を終えて、身支度を整える。なにげなくスマホを見ていたら、飛び込みで申し込んだホテルのプランが、レイトチェックアウトプランだったことに気が付いた。どうやら急いで出ていかなくてもいいようだ。重い荷物は持って歩きたくないので、着替えが入ったボストンバッグは部屋に置いていくことにした。

待ち合わせのコーヒーショップに時間通り向かうと、窓越しに先に着いている美保の姿を発見した。ガラスを軽く外からノックする。すると、ふたり掛けのテーブル席に座っていた美保は、ハッとしたように顔を上げ、小春を見て柔らかい笑顔になった。いつもは胸のあたりまである髪を後ろでまとめているのだが、ゆったりと下ろしていて、丸首のセーターと膝下のフレアスカートがよく似合っている。

だがあきらかにその頬は痩せていた。

(美保さん、痩せた……?)

ドキッとしたが、小春も笑顔を作り、それから急いで店の中に入る。温かいカフェオレを注文して受け取り、美保の正面に腰を下ろすと、

「久しぶりね」

と、美保から声をかけてくれた。

「はい。お久しぶりです」

小春もそう答えて、着ていたコートを脱ぎ、バッグと一緒に足元のカゴに置いた。

「本当にごめんなさいね。メッセージくれてたのに、無視してしまって」

美保は申し訳なさそうに頭を下げる。それを見て、小春は慌てて首を振った。

「そんな、全然、申し訳なくないですよ！　体調はもう大丈夫なんですか?」

「うん。ちょっと風邪をこじらせたみたい……。それですごく気持ちも落ち込んで……小春ちゃんにあんなメッセージを送ってしまったんだと思う。本当にごめんな

さい」

その様子からして、美保は後悔しているように見える。

佑二さんと別れるかもしれません――。

あのメッセージは、本心ではあるけれど、まだ決定事項ではない。彼女の態度からは、そんな気配が感じ取れた。

（もしかしたら、考え直してくれるかも。まぁ、お父さん次第かもしれないけれど）

焦ってはいけない。小春はゆっくりと息を吐き、目の前のカフェオレに口をつける。

「父といったいなにがあったか、教えてくれますか？」

「うん……」

美保は軽くうなずいて、それから耐えがたいと言わんばかりに、唇をわななかせた。

「実は佑二さん……私に隠れて、女の人と会ってるみたいなの」

「えっ？」

一瞬、耳を疑った。まさかと思った。

（あの気難しくて神経質なお父さんが、う、浮気……!?）

にわかには信じられなくて、思わず絶句する。

てっきり、父が無神経なことをしでかして、美保を傷つけ、誤解が生じてこんなことなったのではと思っていた小春は、言葉を失った。

「でっ、でも、ちょっと待ってください。お父さん、携帯すら持ってないですよね？」

スマホどころか、携帯すら持たない父が、どうやって女性と会うのか、ピンとこない。そもそも、そんなマメなタイプでないことは、小春以上に美保のほうがよく知っているだろう。

「ええ、持っていないわ。でも……何度か店に電話があって、こっそり抜けたことがあって。すぐに戻ってくることもあったし、店を閉めた後、夜遅く帰ってきたこともあったわ」

「本当に……？」

ますます信じられない。父にとって店は、生きがいで、命なのだ。常日頃、包丁を持ったまま死にたいと思っている人なのに、その店を抜けてまで会いに行く存在がいるとは、やはり想像がつかない。

「そっ、その、会ってる人って、誰なんですか？」

「それがね……きっと、お店のお客さんか、同業者じゃないかって思うんだけど……わからないのよね。佑二さん、すごくモテるし」

美保は打ちひしがれたまま、ため息をついた。

「え、ちょっと待ってください。お父さんが、モテる？」

すると美保はふと顔を上げて、目を丸くする小春を見て、クスッと笑う。

「不思議？」

「ええ……」

嘘をついても仕方ないので、素直にうなずいた。

「昔からちょっと女性不信なところがあったというか……好意を寄せられても、さーっと引いちゃうタイプだから、小春ちゃんは気が付かなかったかもしれないけれど、モテるわよ。仕事は一流だし、物静かでクールだし、かっこいいし。だから私だって、すごく頑張ったんだから」

なぜか少し自慢げに、胸を反らされてしまった。

「そ、そうですか……」

思わぬのろけに、小春は肩の力が抜けると同時に、少しだけホッとした。こんな状況でも、美保はまだ父のことを、想ってくれているようだ。

父から再婚すると言われた時、ふたりが付き合っていたことに死ぬほどびっくりしたが、その後、一緒に暮らし始めて、美保のかいがいしい様子から、彼女が純粋に父を想っていることは伝わった。お父さんはこの人に、大事にされているんだなぁと素直に感心したのだ。だからこそ、自分が家を出ても安心だろうと思ったのだが——。

「それで、誰と会ってるんだろうって気になってたところで、友達が見たって言うの」

「なにをですか？」

嫌な気配を感じながらも尋ねると、

「真夜中にね、佑二さんが、すっごい美人とホテルで会ってたって」

「ホッ……!?」

思わず大きな声が出かかった小春は、慌てて手のひらで口元を押さえた。

とても昼間のコーヒーショップで大きな声で口にしていい単語ではない。

「どういうことですか？」

美保も小春の驚きぶりに気が付いたらしい。慌てたように首を振った。

「あっ、そういうホテルじゃなくて！　ほら、駅前のシティホテルよ。最初はバーにいたらしいんだけど、ふたりでそのまま出ていったって」

「駅前の……」

よくよく話を聞いてみれば、小春が泊まっていたホテルよりランクが上の、シティホテルの名前だった。だがホテルには違いない。バーを出た後は、部屋に行ったのではないかと、考えてもおかしくない。

「で、お父さんはなんて答えたんですか？　誰と会ってるか聞いたんですよね？」

「ええ、もちろん。それが先週のことなんだけど……」

美保はなにかを思い出したかのように、絶望的な顔になった。

「誰と会っているかは言えないが、お前が考えているような相手じゃないって」

「――えっ」

それを聞いた小春は絶句する。

「さすがにちょっと……言い訳としてはひどくないかしら？」

美保は笑っていいのか、泣いていいのか、わからないような表情になった。

「ひどいです……最低ですね……父がすみません……」

小春は呆然としつつ、がっくりとうなだれた。

（嘘でしょ、お父さん！　なんなの、それ！）

椅子に座っているのに、クラクラとめまいがする。思わず膝の上でぎゅっとこぶしを握っていた。

「小春ちゃんのせいじゃないから、謝らないで。聞いてほしかっただけだし、私だって……そういう頑固なところがある人だってわかってたわけだし。ただ無性に悲しくて……」

美保はそれからゆっくりと、目の前のカップに口をつける。

「それで私、十日前から発作的に家を飛び出して、しばらくはビジネスホテルに泊まってたんだけど、体調を崩してしまって。大したことはなかったんだけど、バツイチの親友の家に居候して、養生してたってわけなの」

「そうだったんですね」

こみ上げてくる吐き気をなんとか飲み込んで、小春は顔を上げた。

「あの……美保さんは、今後どうするんですか？　やっぱり父とはやっていけないでしょうか」

美保は神妙な顔をして目を伏せる。

「ここ一カ月の間、誰と会ってるかは言えないけれど、そういう相手じゃないっていうのは、きっと本当のことなんだと思う。でもね……すべてをさらけ出す必要はないけれど、夫婦なんだから大事なことは話してほしいわ。それができないなら、今後もやっていくのは難しいわよね」

「……そうですね」

美保の言う通りだ。小春も相槌を打ちながら、カフェオレをごくりと飲み干した。

そんな君が大好きだよ

美保と別れた後、小春はひとりコーヒーショップに残り、ぼんやりと窓の外を眺めていた。窓の外はきれいな青空で、きっと今夜は星が美しいだろう。だが一緒に星を見たいと思う男性は、今近くにはいない。

(どうしたらいいのかな……)

せっかく大好きな人と気持ちが通じ合えたと思ったばかりなのに、突然降って湧いたような両親の離婚話に、小春は完全に振り回されていた。

(でもこのまま帰るっていうわけにもいかないよね……。ホテル、連泊しようかなぁ……)

小春ははぁ、とため息を漏らし、それから頬杖をつく。

いくら問い詰めたところで、父が正直に答えるとは思えない。となると父と美保の関係の修復は難しい。

(こんな時、閑さんがそばにいてくれたらなぁ……)

電話で相談できるし、するつもりだが、やはり彼のぬくもりを近くで感じたいと思ってしまう。

だが閑はここにはいない。なんとかして自分でこの問題を片付けなければならないのだ。心細いが、これは今まで甘えて、楽をしてきたことの清算だと思うしかない。

「修行よね、修行……」

小春はブツブツとそんなことを口走りながら店を出て、やはり連泊しようかと悩みながら、ホテルへと戻っていったのだが——。

「あ、お帰り」

「——へっ？」

ホテルのエントランスに一歩入ったところで、小春は棒立ちになった。

フロント前のロビーのソファーで、デニムに色鮮やかなロイヤルブルーのセーターを着た閑が、新聞を読んでいる——幻覚が見える。

彼のことが大好きすぎて、脳が誤作動を起こしているようだ。

「大変……すごく疲れてる……」

小春が手の甲でゴシゴシとこすると、

「えっ、まさかの幻覚扱いなわけ？」

幻の閑が苦笑しながら新聞を折り、それをテーブルの上に置いて立ち上がった。

くっきりとした二重の美しい瞳に、甘く精悍な顔立ち。見上げるほどの長身はたくましく、シンプルなカジュアルウェアがとても似合っている。

どこからどう見ても、閑だ。

「えっ、本当に？」

目をパチパチさせると同時に、

「もう、そういうところが、素直でかわいすぎて、たまんないんだよな」

閑はクスッと笑うと、立ち尽くす小春の前まで歩いてきて、小春の上半身を抱き寄せた。

「君をぎゅってしに来た、本物の俺だよ」

大きな体と一瞬、体がぶつかって、息が止まりそうになる。けれど閑から感じる大きな熱の塊のような存在感は、やはり閑そのもので、夢でも幻でもない、現実だった。

「び、び、びっくりした……！」

本当にその言葉しか出てこない。

「どうしてここがわかったんですか⁉」

閑はエスパーかなにかなのかと、驚愕《きょうがく》する小春に、

「当日飛び込みで泊まれる、駅前のホテルがここだけだったから」

閑はあっさりとネタバラしをした。どうやら小春と同じようにスマホで調べてここを見つけたらしい。

「あ……なるほど」

そう言われれば大したこともなく、納得できるのだが、やはり死ぬほど驚いた。

小春の胸はまだドキドキしている。

「驚かそうと思って、黙って来たんだ。ごめんね」

本気でごめんとは思っていなさそうな閑は、あははとご機嫌に笑って、それから体をすっと引いた。

「とりあえずここの支払いは済ませておいたから、荷物を取っておいで」

「えっ？」

「さ、早く。行こう」

閑が小春の背中を軽く押す。

「あ、はい……ちょっと待っててくださいね……！」

今からどこかに行くのだろうか。

小春は言われるがまま、慌ててエレベーターに乗り込んだ。

駅前からタクシーに乗り込み、約三十分。向かった先は鳴門《なると》市の、小春もよく知る場所だった。

「やっ、やっ、山邑《やまむら》リゾート！」

海岸沿いの長い坂を上った先にある、白いホテル。冬ではあるが、芝生や生垣ひとつとってても美しく整えられて、しかも入り口には三メートルほどありそうなクリスマスツリーが並んでいる。夜になればきっとイルミネーションが美しいことだろう。

「わぁ……」

タクシーの中から見た景色に、小春の心臓が跳ねた。

山邑リゾートは国内のみならず、世界にも展開している、国内一のリゾート運営会社だ。ここ、『山邑リゾート〝鳴門〟』は、鳴門の海を一望できる超高級リゾートホテルで、部屋数は少なく、さらにお値段は一泊五万円からという、庶民にはなかなか手が出ない憧れのホテルである。

本館以外にも、高台に別荘風のコテージが七つあり、地元の女の子たちの間では、いつか彼氏と泊まってみたいと、よく話題にするような、そんな場所だった。もちろん小春だって、そのひとりだったが、しょせん夢物語でしかなく、まさか自分が恋人とここを訪れることになろうとは思いもしなかった。

（でも、なにしに来たんだろう……？）

小春は不思議に思いながら、冬空にも映える山邑リゾートの建物を見つめた。

先に車から降りた閑が手を差し伸べる。

「お手をどうぞ」

「あっ、ありがとうございます」

ホテルのエントランス前でタクシーを降りると、まるでふたりが到着するのを見ていたかのようにドアが開き、中からドアボーイが姿を現した。そして「お荷物を運びます」と、小春と閑の荷物を運んでいく。

（えっ……荷物くらい自分で持てるんだけど……。もしかしてレストランで食事をするってことなのかな。だったら嬉しいな。一度来てみたかったし！）

山邑リゾートのイタリアンレストランは、小春も噂には聞いているが、相当な高級店である。小春はドキドキしながら、閑と一緒にホテルの中へと足を踏み入れた。

「神尾さま、いらっしゃいませ」

それなりの地位を感じさせる、初老のホテルマンが近づいてきた。

それを受けて、閑はにっこりと笑う。

「突然にすみません。無理を言いましたよね」

「とんでもありません」

「挨拶をしたいんだけど、ハジメさんはこっちに来てる？」

「社長は今、日本を離れてヨーロッパ滞在中でございます」

「あ、そうなんですね。視察かな？」

「それがファミリー旅行でして」

「へぇ……。あ、思い出した。不二《ふじ》さんのところと雪成《ゆきなり》さんのところと一緒なんでしょう。兄一家も誘われたって聞きました」

閑はふふっと笑って、それから緊張したように立ち尽くす小春を振り返り、肩を抱き寄せた。

「曽根《そね》さん、俺の恋人です。増井小春さん、かわいいでしょ。実家がこっちなんですよ。小春、曽根さんはここの支配人なんだ」

「ひゃっ……あっ、増井小春と申します、よろしくお願いいたします！」

かわいい恋人だと唐突に紹介されて、小春は緊張した。生真面目に深々と頭を下げてしまったが、曽根さんと呼ばれた支配人は、優しくにっこりと笑って、丁寧に挨拶をしてくれた。

「こちらでお待ちください」

そのままカフェスペースに誘導され、温かい紅茶のサービスを受ける。

待たされるといっても、ホテルの中は暖かく、気が付けばすっかりリラックスしてしまった。

「閑さん、山邑リゾートにはよく来られるんですか?」

「いや、鳴門の山邑リゾートには来たことない。実は初めて。国内じゃ一番ロケーションがいいって聞いてたんだけどね」

閑はクスッと笑う。この山邑リゾートの経営者一族のことを、閑はよく知っているらしい。

「俺の兄たちが、若社長の同級生だったり、後輩だったり、先輩だったりして、まぁ、みんな仲がいいというか……腐れ縁なんだ。で、若社長がコミュニケーション能力の怪物みたいな人でね。俺は主に仕事の面で、結構お世話になってて」

「閑さんにコミュニケーション能力の怪物って言われるなんて、すごいですね」

小春からしたら、閑だって十分達人の域だと思うのだが、それを聞いて閑は、「いいや」と真面目な顔をして首を振った。

「俺なんか全然。あの人なら、たとえなにが起こっても生き残りそうだし、世界が滅びたって、宇宙人相手でも商売しそうだよ」

「宇宙人……？」

突拍子がないと思いつつも、山邑リゾートの社長は、そのくらいすごいということなのだろう。人間相手でもコミュニケーションが四苦八苦な小春からしたら、とんでもない話だった。山邑リゾートの若社長は、どうやらよほどの人物らしい。好奇心から、いつか会ってみたいものだと思っていると、制服姿の男性がやってきて部屋の用意ができたと告げる。

「ありがとう。案内はいいよ」

一枚のカードを受け取り、閑はソファーから立ち上がると、小春の手を自然に取ってそのままエレベーターへと乗り込んだ。

クラシックな装飾の豪奢なエレベーターが、カタコトと上へと上がっていく。

「もう少し早くに来るってわかってたら、離れのコテージを取れたと思うんだけど。でもスイートもいい部屋だから」

その話を聞いて、小春の目が点になり、そしてすべての合点がいった。

「スイート……って、今日はここに泊まるんですか⁉」

「俺たちがなにしに来たって思ってるの？」

閑は小春の反応を見て、クスクスと笑う。

「いや、食事かなって……」

「食事もするけど、それだけのために移動してこないよ」

「で、でも、山邑リゾートなんて、いつも予約でいっぱいなんですよ⁉」

そう、平日でも県外からの客で予約が埋まるし、しかも明日はクリスマスイブだ。

県内有数の高級リゾートの一室が、空いているはずがない。

それを聞いて、閑はふんふんとうなずく。

「確かに予約でいっぱいだったけど、宿泊施設には、念のために予約を入れない、空けている部屋っていうのがあるんだ」

つまり、神尾家の兄弟が若社長と懇意ということで、閑もこの山邑リゾートに融通がきくということだ。だが、山邑リゾートのスイートは一泊いくらするのだろうか。

考えたことすらなかったけれど、当然安いはずがない。

「スイート……」

唐突に訪れたスペシャルな体験に、小春はドキドキしながら、顔を上げた。

「そこに、ふたりで泊まるんですか？」

「そうだよ。ふたりで泊まるんだ」

閑はふふっと笑って、繋いだ手を顔に引き寄せると、小春の手の甲に唇を押しつけた。

「確かにご両親のこともあるし、それどころじゃないかもだろうけど。俺だって、君とクリスマスを一緒に過ごしたかったから……。ダメ？」

甘く、いたずらっ子のような瞳で、閑が問いかける。

その瞬間、小春の胸はいまだかつてないくらいに、ぎゅーんと締めつけられて、

「だっ……ダメなわけないじゃないですかっ……！」

つい大声を出してしまった。

その必死さが漏れて伝わったのか、『お？』というような雰囲気で閑が目を見開いて、また恥ずかしいやら照れくさいやらで、顔が熱くてたまらない。

「あの……一緒に過ごせるって思ってなかったから……すごく……嬉しいです……。お仕事の都合をつけてくれたんですよね？　来てくれて、ありがとうございます」

それからおずおずと、閑の肩に、体をくっつけた。

すると閑が身悶えするように独り言をこぼす。

「なんでそんなかわいいこと……ああ、もうっ……」

「え……？」

小春としては素直に感謝の気持ちを表しただけなのだが、エレベーターのドアが開

いた瞬間から、閑の目は甘くしっとりと、濡れたような欲望で輝いていた――。

「あ、あの、待って……っ」

「ダメ、待たない」

部屋に入ると同時に、閑に体を抱き寄せられて、そのまま全身を包み込むように抱きしめられる。

ただ抱きしめられるだけではない。閑の指が小春の髪をまとめたバレッタを取り、いつものように、それをポイと適当に投げ捨ててしまった。

「あ、もうっ……」

閑のそういうところは、本当にダメだと思う。自分の着ているものだってあちこちに投げ捨てるし、小春の髪留めだって平気でポイしてしまうのだ。捨てているわけではないとわかっているが、後で床を探し回るこっちの身にもなってほしい。

それに、部屋だってもう少し真剣に見たい。せっかくの山邑リゾートのスイートだというのに、気が付けばドアを開けるやいなや、正面から抱きすくめられ、寝室に連れ込まれている。

（豪華絢爛《けんらん》なスイートの詳細を確かめたいのに！　このままでは勢いで、押し倒されてしまう～！）

ベッドの縁が小春の膝の裏に触れた。軽く閑が体重をかければ、背中から大きなベッドに、ふたりしてダイブすることになるだろう。

そうなってしまうと、一時間や二時間の話ではない。こんな昼日中からだと、気が付けばとっぷりと日が暮れるに違いないのだ。

もちろん、彼とそうなるのが嫌というわけではないのだが、まだ小春はそこまで楽しめるような余裕を持っていない。ひそやかな夜に体を重ねるほうが、心の準備ができていいのだが、そんな準備は、閑には必要ないものだ。

「し、閑さん、ほんとに待って……」

どうにか閑の胸を押し返そうとしたのだが、彼の長い指が小春の髪をまさぐり、長い髪に空気をはらませるように、念入りに指で梳《す》く。閑は髪をふわふわさせるのが好きらしい。そして首筋に顔をうずめて、唇が触れる。

「……君が欲しい」

ささやきと同時に、彼の熱い吐息が肌に触れた瞬間、小春は『やっぱり無理、ダメだ』と思ってしまった。

いつもこうだ。閑に欲しいと言われると、ほんの数秒前まで必死に抵抗しようとしていた気持ちが、しゅるしゅると小さくなってしまう。

恥ずかしいよりも嬉しい、そして彼を喜ばせたいという気持ちが勝ってしまう。

小春から抵抗する力が抜けたことを瞬時に察知した閑は、丁寧に、体と頭を支えながら、ベッドに小春を横たわらせ、その上にのしかかる。

「小春……大好きだよ」

大きな手が小春が着ていたセーターをたくし上げる。胸の谷間に閑が顔をうずめて、キスをする。

「白くてふわふわして……おいしそう」

同時に、さらさらと、閑の髪が胸にこぼれて、くすぐったい。

チュッチュとリップ音が響き始めて、全身がぞくぞくと震え始める。

「あっ……」

執拗《しつよう》に繰り返される舌の刺激に身をよじると、閑が上目遣いになりながら、ニヤリと笑う。

「俺に食べられたいって、言って」

「っ……」

「ほら、言いなさい。そうしたら全部、おいしく食べてあげるから」

「そんなぁ……」

そもそも、襲ってきたのは閑のほうで、自分ではない。食べたいのも閑であって、小春ではない。

だがこういう状況で、小春からおねだりされることに、閑は意義を見出しているらしい。

（うう……恥ずかしい……）

いつもはとろけるように優しいのに、こういう時だけ急にエスっ気を出すものだから、小春は毎回戸惑ってしまう。

だが、これを拒否するという選択肢は、小春にはないのだ。好きだから、甘やかな意地悪にときめいてしまう。彼の思う壺だろう。悔しくてたまらない。

「意地悪……」

悔し紛れにそう言えば、「俺を煽るのは君だよ」と、小春のせいにされる。

「ばかっ……」

「馬鹿でいいよ。でも俺は、君を愛したい」

そして閑は少し身体を起こして、小春のまぶたにキスをする。

「今すぐ、めちゃくちゃ、抱き合いたい……君に欲しいって言われたいんだ」

「もうっ……」

閑の甘い命令に、小春は涙目でうなずいて——。

結局、唇を震わせながらおねだりをし、何度も閑を喜ばせたのだった——。

「はぁ……」

大人が四人は眠れそうなベッドにうつぶせになったまま、小春は深いため息をついていた。

「そのため息の理由はなに？」

同じように隣でうつぶせになった閑が、おもしろそうに尋ねる。

おそらくわかっていて尋ねているのだろうと気づいたが、小春は正直にその質問に答えた。

「なにって……なんていうか、あっという間に日が落ちてしまったなって……」

そう、気が付けばランチもとれず、もう五時を過ぎていて、太陽は沈みかけている。

時間を無駄にしたと思っているわけではない。ただ、いったいどれだけ夢中で抱き合っていたのかを考えると、少し怖くなってしまった。愛し合う時間というのは、あっという間に流れ去っていくものなのかもしれない。

閑は、ふふっと笑って、小春の裸の背中に手のひらを滑らせた。

「これは俺たちにとって大事な時間だと思うけど」

「も、もちろん私だって、無駄だって思ってるわけじゃないですよ？」

小春は慌てて、閑のほうに顔を向ける。

「ただ……その、お父さんと美保さんが危機的状況なのに、閑さんが来てくれたのが嬉しくて、全部ふっ飛んじゃった自分に、ちょっぴり自己嫌悪というか……」

するとと閑が優しく微笑んで、小春に顔を近づけ、額に唇を押しつけた。

「君の人生は君のものだ。家族の問題を、我がことのように全部ひとりで抱える必要はない。頼れるものは頼って、自分が潰れないようにしないと」

確かに閑の言う通りかもしれない。以前の小春なら、ひとりで悶々と悩んだ挙句、思い通りにならない状況に感情を爆発させるか、結局底なし沼に落ちて、憂鬱な気分で閉じこもっていただろう。そういう自分が容易に想像できる。

「それに、君の恋人の職業はなんだと思う？」

「弁護士さん……です」

「そうだよ。ここで俺に頼らなくてどうするの。役に立つ男だよ」

そして閑は、体をひねって肘枕をした。

「今回、小春とクリスマスを過ごすために、俺は槇先生にいきなり有休を申し出たわけだけど、ただそれだけのために、ここに来たわけじゃない」

いったいどういうことだろう。彼の言いたいことの意味がわからず、小春は首をかしげる。

すると閑は壁にかかっている時計を見上げて、ふっと表情を緩めた。

「ここから空港まで十五分くらいだったかな。まだ時間は十分ある。とりあえずシャワーを浴びて、着替えよう」

(空港……時間?)

さっぱり意味がわからないが、閑は体を起こし、ベッドから下りる。

彼がそうしようというのなら、従ってみよう。理由はすぐにわかるはずだ。

「はい」

小春はこくりとうなずいて、せめて体を隠そうと閑が床に投げ捨てた下着を手に取ろうとしたのだが、

「今からシャワーなんだから必要ないよ。それにふたりで浴びるんだし」

と、その手をつかまれ、体を軽々と抱き上げられてしまった。

「きゃっ……!」

慌てて両手で上半身を隠して、小春はプルプルと首を振った。

「シャワーはひとりずつでいいのでは⁉」

「だけどひとりでエッチなことはできないだろう」

「エッチなことするんですか！」

閑の言葉に小春は目をまん丸にする。

だが閑はなにを言っているんだと言わんばかりに、優雅に微笑んだ。

「当たり前だろ。するよ」

（ひ、ひ、ひえ～‼）

真面目に言い切られて、小春は息をのむしかない。

「ちょ、ちょっと待ってください、あの、普通、こんなにするものですか⁉」

途中多少休憩を挟んだとはいえ、どう考えても、回数的に多すぎるのではないだろうか。我ながら、もう少しほかの言い方はないものかと思ったが、閑はさらりとそれをいなす。

「よそはよそ。うちはうち」

「そんな、どこかのお母さんみたいなこと、言わないでくださいっ！」

「あはは！」

小春の叫びを閑は心底楽しそうに笑って、

「大丈夫だよ、優しくするから」

また心底愛おしくてたまらないといった風に目を細めながら、小春の前髪の生え際に、キスを落としたのだった。


徳島空港に着いて、到着ロビーにあるソファーに並んで座る。

時間は八時を回っていた。もうすっかり夜だ。

(ちょっと眠くなってきたかも……)

ふたりでシャワーを浴びた後、身支度を整えてから、ルームサービスで軽くサンドイッチを食べた。

父親の今後のことを考えるとなんとなく気分が重く、食欲はなかったが、『とりあえずなにかお腹に入れておこう』という閑の提案でひと切れだけ口に入れた。そのせいか眠気が襲ってきている。

ちなみに閑は自分の分と小春の分も食べて、ケロッとしていた。たくましい体を維持するには、それなりのカロリーが必要なのだろう。

「小春、俺の肩に寄りかかって、目を閉じてていいから」

「はい……」

言われた通り、小春は閑のセーターの腕にもたれ、目を閉じた。

(疲れた……)

小春は長い間、自分の体力に自信があった。毎日早寝早起きをして、家事をし、店を手伝い、風邪ひとつ引かないので、自分は健康だなぁと思っていた。

だがこの状況はどうだ。閑との圧倒的な体力差に、よれよれのヘロヘロで、目を閉じればすぐに泥のように眠りに落ちそうである。

(あ……本当に寝そう……)

その気配を察知したのか、閑が小春の肩を優しく抱き寄せる。

(あったかい……)

その仕草に、小春はなんだか無性に懐かしさを感じながら、眠りに落ちていく――。

幼い頃から、父は不在がちで、母とふたりきりの生活だった。だが小春はそれを寂しいと思ったことはあまりなかった。母は小春のためにいつもおいしい料理を作ってくれたし、小春がやりたいと言えば、包丁の握り方から魚のさばき方、縫い物や掃除だってなんでも教えてくれた。幼い小春にとって、母は〝完璧な存在〟だった。

なのに時折、家を空けて働いていることを、周囲からチクチク言われることもあったのは事実で。『母子家庭みたいなものよ』と答えていた母を、かわいそうに思ってもいた。だから自分が、いつか母を支えなければならないと感じていたように思う。

だがなにひとつ、小春はできなかった。

そして母は小春を置いて出ていき、小春は孤独になった。

孤独といっても一応友人もいたし、もちろん父もいた。突然母を失った自分を、支えようとしてくれた人はたくさんいたのだ。

けれど、その好意も小春には虚しかった。内向的な性格に拍車がかかり、ひとりを好むようになった。

他人と関わることに、心を開くことに、極度に慎重になってしまった。

（……全部……お母さんのせいだ……）

そう、思いながらも、昔の——夢の中の中学生の小春は、一度は段ボールにしまい込んだアルバムを、広げているのだ。

何度も何度も、懐かしむように、母との写真を見つめている。

（嘘よ……！）

こんな記憶は小春にはなかったものだ。過去の自分を俯瞰《ふかん》的に見ている、今の小春の心が叫んでいる。

自分は、母の喪失《そうしつ》に傷ついたかもしれないが、その後は淡々とやり過ごしたはずだ。

ああ、そうかと、ただ受け入れて——そして少しずつ臆病になって。

（お母さんなんて、どうでもいいわ……もう関係ない……）

そう思っているはずなのに、セーラー服姿の小春は、泣くでもなく、悲しむでもなく、アルバムを見つめて——。

嫌だ。そんな自分を見たくない。後から傷つくとわかっているのに、愛されていた記憶を懐かしむなんて、無駄な作業のはずなのに。

「——小春……？」

すぐ近くで、女性の声がする。その声はとても懐かしく、温かく……。

（え……？）

胸の奥で心臓がドキリと跳ねる。そして体全体がじわじわと、強張っていくのを感じた。

意識が覚醒し、小春はまぶたを持ち上げる。目の前に、上品なベージュのスーツの上に、黒いコートを羽織った、年配の女性が立っていた。

小春は言葉を失った。夢の続きのような気がしたし、とても現実として受け入れられなかった。だが次の瞬間、頭に大きな石をぶつけられたような衝撃を受ける。

「おか……あ、さん？」

そう、目の前に立って、少し背中を曲げて、閑の肩にもたれるように眠っていた小春の顔を覗き込んでいたのは、実の母である黎子だったのだ。

十年前とそれほど印象が変わらないのは、なぜだろうか。虎太郎はよく似ていると言ったが、自分ではよくわからない。だが全体的に、派手さよりもしっとりとした人形のような雰囲気があるのは、昔とまるで変わっていない。

「なんで、ここに……」

そう言いながら、小春は隣で変わらず肩を抱いている閑の横顔を見つめる。

まさかと思いながら、おそるおそる彼の名前を呼ぶ。

「閑さん？」

偶然のはずがない。ここで閑は誰かを待っていた。だとすると、彼がここに、母を呼んだのだ。

嘘だと思いたかった。違っていてほしかった。だって小春は、母に会いたくなどないのだから。

そもそも、どうして閑が自分の嫌がることをするのだろう。裏切られたような気持ちになって、小春は唇を噛みしめる。

けれど閑は、まったく悪びれた様子もなく、うなずいた。

「うん。俺が呼んだ。大将から平田さんの連絡先聞いて、そこから無理やり聞き出して、連絡を取った」

「なっ……なんでっ……？」

信じられない状況に、小春の唇は、激しくわななく。ここが空港でなければ、もっと大きな声で叫んでいたかもしれない。

平田というのは、虎太郎のことだ。確かに虎太郎に聞けば、母の居場所や連絡先は、容易に知れただろう。だがあの時――虎太郎が小春に『お母さんが会いたがっている』と告げた時、閑はその場にいなかった。虎太郎と小春が言い合っているところに遅れて登場して、なにも聞いていなかったはずだ。

なにがどうしてこうなったのか、小春にはまったくわからなかった。

そして母がここにいる意味も想像がつかない。ただこの場にいたくないという、いつもの小春の臆病さが、心の奥底から湧き上がってきて、暴れ出そうとしていた。

「私……っ」

目にじわっと涙が浮かぶ。情けない、子供っぽいと思いながらも、条件反射のように涙が溢れた。

だが、その涙を見ても、閑は離さなかった。逃がしてくれなかった。

「俺の話を聞いて」

しっかりと小春の肩を抱いたまま、うつむく小春を覗き込む。

「こんな風にだまし討ちで連れてきてごめん。君の信頼を裏切ってごめん。でも、これは君たち家族のために、必要なことだと俺は思う」

その言葉を聞いて、混乱していた頭が少し冷静になる。

「私たち、家族のため……？」

小春は自分で涙をぬぐいながら、閑を見つめた。

「ああ」

閑の明るい色の瞳に、ぼんやりと自分の影が映っている。

まっすぐに、自分と視線を合わせてくれている。

（閑さん……）

こんな風に、恐れることなくまっすぐに見つめてくれる彼が、どうして自分を裏切ることがあるだろう。小春が嫌がるとわかっていても、閑がそうするべきだと思ったのだったら、自分だって逃げようとせず、今母が目の前にいることについて、向き合わなければならない。

（だって、これからもずっと閑さんと一緒にいたいもん……強くならなきゃ……）

そうだ。自分はもうひとりではない。今までのように逃げることは選びたくない。そうしないように頑張ろうと誓ったばかりだ。

これは、母とも、そして自分とも向き合うための時間なのだろう。

小春は息を整えながら、うなずく。

「わかりました……取り乱してごめんなさい」

それを見て、閑はホッとしたように肩を抱く手の力を緩め、優しく小春の肩を撫でる。

「俺こそごめんね……びっくりさせてごめん」

そしてそっと体を引き寄せ、とんとん、と背中を叩く。

またぐっと胸が詰まる。労わりに満ちた仕草に、強張っていた小春の心は少しずつほどけていく。今度は違った意味で、泣きそうになってしまった。

（大丈夫……大丈夫だ。閑さんがそばにいてくれるんだもの。なにがあっても、大丈夫に決まってる）

つい先ほどまで息苦しさすら感じていたが、ようやく息が吸えるようになっていた。

するとそこでようやく、

「小春……ごめんなさい」

黙って立っていた黎子が、深々と頭を下げる。

小春は無言で、母を見上げた。なぜ謝られるのか、まったくわからない。

「――実はね、お父さんと会っていたのは、私なの」

「えっ……」

母の発言に、小春は完全に言葉を失った――。


小春と閑、そして実の母の黎子、父の佑二、義理の母である美保が集まったのは、レストランの営業が完全に終わった後で、夜の十時近くになっていた。

住宅街の中にひっそりと店を構える『プリマヴェーラ』は、四人掛けのテーブル席が三つとカウンター四席の小さな店だが、地元では大変な人気店であり、普段から予約が取れないことでも有名だ。クリスマスのこの時期は当然繁忙期なのだが、母と一緒にやってきた小春に、佑二は『関係ない』と言うことはできなかったようだ。美保にも連絡をし、こうやって閉店後に集まっている。

クローズの札を下げて、小春はコーヒーを配った後、閑と一緒にカウンター席に腰を下ろし、テーブルを挟んだ現在の両親と、出ていったはずの母を見つめた。

黎子は緊張した様子ではあるが、しっかりと背筋を伸ばし、元夫婦に向かって、空港で小春にしたように、説明をし頭を下げる。それを聞いて美保は目をまん丸にした。

「小春のことを知りたくて……私から連絡を取ったんです。大変ご迷惑をおかけしました。申し訳ありません」

黎子は深々と頭を下げた。

「何年も前から、風の噂で、佑二さんが地元でレストランを開いたことは聞いていました。ですがどこでやっているのか、自分で調べようとは思わなかった。近づいてはいけないと思ったから」

そして黎子は顔を上げ、ちらりと小春を見つめる。そのすがるような瞳に、小春はとっさに視線を逸らしていた。

（そんなの……勝手だわ）

そんな目で見られたくなかった。自分を巻き込んでほしくない。当事者になりたくない。本能的にではあるが、とっさにそう感じたのだ。

隣に座っている閑が無言で、そっと小春の膝に手をのせる。ここにいるよ――と言われた気がして、小春は唇を噛みしめる。

（そうよ……。逃げない……逃げ出さない……。苦しくても、向き合うんだ）

小春は何度も自分に言い聞かせ、それからまた黎子の言葉に耳を傾ける。

「私は今、大阪でブライダルサロンを経営しています。今日は東京から来ましたが、系列にエステサロンもいくつか持っていて……仕事は楽しく、やりがいがあり、順調です。ただ、年頃の女性との関わりが多くて……つい、小春も年頃になったけれど、どうしているんだろうと、どうしても気になって。スマホで検索してしまいました」

そして黎子は、美しくリップを塗った唇を一文字に引き結んだ。

そう、ある日、日頃から会いたいと思っていた気持ちをどうしても止められなくなった黎子は、勢いで、かつての夫の名前を検索し、プリマヴェーラを探し当てたのだ。このご時世、スマホである程度のキーワードを打てば、レストランなどすぐに見つかる。しかもプリマヴェーラは、佑二が基本的にひとりでやっている店で、〝増井佑二〟の名前で検索すれば、地元の新聞で受けたインタビュー記事だって拾える。

そう考えると、佑二と連絡を取ることなど、簡単だったに違いない。

「店に電話をもらって、とったのは俺だ。驚いたさ。十年間連絡もなかったしな」

それまで黙って話を聞いていた佑二は、組んでいた腕をほどき、指で目頭をぐっとつまみながら、目を閉じる。

「小春に連絡取らない代わりに、あの子の成長した写真を見せてもらいたい、今どこでなにをしているのか、元気でやっているのか、教えられる範囲でいいからと言われて……何度か、会った」

聞いてみればどうということはないのかもしれない。だがこれで、自分や美保は振り回されたのだ。その瞬間、小春の中で、なにかがプチッと切れた音がした。

「なんなの、ふたりして勝手に！」

普段おとなしい娘の大きな声に、佑二は驚いたように小春に視線を向ける。

黎子も同様だ。突然大声を発した小春を見て、目を丸くした。

だが小春の怒りは収まらない。気が付けばプルプルと震えながら椅子から下り、両親が座るテーブルの前で仁王立ちしていた。

「お父さん、自分勝手にもほどがあるわよ！　私に会いたいって思うお母さんと、私に会わせたくないお父さんで、あれこれ勝手に決めて、当事者である私と、一番信頼を裏切ってはいけないはずの、パートナーの美保さんを仲間外れにして！　挙句の果てに、こんなに心配させて！　いったいどういうつもりなの⁉」

「小春……」

佑二は慌てたように視線をさまよわせながら、隣の美保と、それから小春を交互に見つめた。

「俺はただ……小春を傷つけたくなかったから……だな……」

その言い訳の声は細く、小さい。おそらく小春に言い返す言葉が見つからないのだ。

「子供扱いはやめて！」

小春はブンブンと首を振る。

「今さらだけど、虎太郎お兄ちゃんは、お母さんのことを、私に教えてくれた。会いたいと思ってるみたいだって……。そりゃ、いきなり聞かされた時は、驚いたし……なんでそんなこと私に聞かせるんだって、聞かなきゃよかったって、お兄ちゃんに腹が立ったけど、今ならわかる。お兄ちゃんのほうが、ずっと私を信頼してくれてるんだよ。つらかろうが痛かろうが、ちゃんと自分でどうするか考えなきゃいけないってことに気づかせてくれたの！　なのに、お父さんは相変わらず私を、中学生かなにかだと思ってる……私のためと言いながら、全然私のためになってないっ……」

「――小春」

その剣幕に、佑二はしゅん、とうなだれてしまった。

それを見て、美保がかわいそうに思ったのか、励ますようにそっと肩に触れる。

どうやらこの夫婦は元通り、関係が修復しそうだ。

だが小春はそれどころではない。次に母、黎子をまっすぐに見つめた。

「お母さんも勝手だよ。十年も連絡を取ってなかったお父さんに連絡して、私のことを聞きたいなんて……。お父さんにはもう新しい家庭があるのに、こそこそ会うような真似なんかして。今の奥さんが知ったら、絶対嫌な気持ちになるでしょ？」

「反省してます……本当にごめんなさい……」

小春の指摘に、黎子も肩を落として、うつむいてしまった。

こうして、父と母に、言いたいことを言って多少はすっきりした小春だが、自分が正しいと思っているわけでもない。改めて、両親に自分の気持ちを伝えることにした。

「あのね……。こうは言ったけど、私だって、人のこと言えない。わかってる。昔から私は、不安をぼんやり抱えたまま、誰にも相談しないで、なにもせずに仕方ないと諦めたり、忘れようとするくせがあったから……。自分の気持ちを口にして、誰かに説明したり、理解してもらうのも大変だから、極力避けてた……。そういう人間だったから、子供扱いされてたんだと思う」

小春はふうっと息を吐いて、それからカウンターで小春の話を黙って聞いている閑を肩越しに振り返る。

「これからも、たまにそういうところが出てくると思うけど……。でも変わりたいの。

毎日少しは成長してるって思いたいの。だから遅いかもしれないけれど、頼りないかもしれないけど……ちゃんと、私をひとりの大人として扱ってほしい」

それはすべて閑の隣に立っていたいからだ。そしてそんな自分を好きでいたいからだ。

(この人にふわさしい女性でいたい……)

本気でそう思う。

人からしたら、これはただの恋心だ。けれど、その思いが自分を強くしてくれる。昨日より今日の自分を好きになれるよう、努力するエネルギーになっている。

「小春……」

黎子がどこか眩しそうに、小春を見つめた。その視線を受けて、小春はうなずく。

今後、母と自分の関係がどうなるかはわからない。なにしろ十年離れていたのだから、お互い変わってしまったところはたくさんあるだろう。

(だけど、変わっていないこともあるはずだわ……)

脳裏に在りし日の母が浮かぶ。

不器用な自分のことだから、時間はかかるかもしれないが、それは少しずつ、手探りで理解していけばいいと思う。

そして口には出さないが、母から向けられるその眼差しは、娘の成長を喜んでいるような気配があり、なんとなくプリマヴェーラが温かい空気になっていく。

小春はふわふわした気持ちで、「以上です」と言い、またカウンター席に戻って、閑の隣に座ったのだが。

「――お前の気持ちはわかった。だが、小春ちょっと待ちなさい」

佑二がおそるおそる顔を上げ、小春の隣に座っている閑を見て、目を細めた。

「その……隣の男性は……誰なんだ」

「――えっ？」

言われて小春は、ハッとした。

そういえば、勢いでレストランに入ってしまったため、閑を紹介していなかった。

小春は「ごめんなさい、紹介するね！」と、閑の腕をつかんで立ち上がった。

「神尾閑さん。私の好きな人。ちょっと前から一緒に住んでるの。中本のおじさんも折り紙付きだから安心して」

「えっ‼」

その瞬間、佑二の目が大きく見開かれる。椅子から腰を上げ、固まってしまった。

黎子と美保は、さもありなんという風にうなずいているが、佑二はまったく想像していなかったらしい。

「だから食堂が閉まっても、東京に残るつもり」

「おまっ……ううっ……」

佑二は胸のあたりを押さえながら、テーブルに手をついた。

今日一番ショックを受けているように見えなくもないが、小春としては閑の紹介と、帰らないという報告までいっぺんに済んで、よかったと思うくらいだ。

「ったく……君って子は」

隣でクスクスと小さい声で、閑が笑う。

「閑さん？」

どうして笑われるのかわからない。首をかしげる小春に向かって、

「うん、いや……。俺は、そんな君が大好きだよ。まっすぐで強い」

閑はふわっと花が開くように笑い、バッグから名刺入れを取り出して、落ち込む佑二のもとへと近づいていく。

「ご挨拶が遅れました。神尾閑と申します」

佑二は、まだショックが抜けないようだ。「どうも」と言いながら軽く頭を下げたはいいが、閑の話を聞くことを完全に放棄し、代わりに美保が、「まぁ……！」とは

しゃいだように名刺を受け取っている。

おそらく閑は如才《じょさい》なく挨拶を済ませるし、最終的には、小春の両親も閑を好きになるだろう。

（『雨降って地固まる』って、こういうことかも……）

安堵のため息をつきながら、小春はなんとなく、窓の外の美しい夜空を、見つめていた。

山邑リゾートのホテルの一室に戻った小春は、二十畳ほどある広々としたリビングルームのソファーに身を投げ出すようにして倒れ込んだ。

出かける前はもっと部屋の中を見てみたいなどと思った小春だが、疲れ切っている今は、そんな元気はない。最上級の布張りのソファーは柔らかく、目を閉じると寝てしまいそうになる。

日付が変わるまで、あと一時間程度あるが、疲労はかなりたまっていた。

「疲れちゃった？」

閑がやってきて、ソファーの背もたれに手を置き、背後から小春の上にのしかかってきた。

小春は笑って体をねじり、仰向けになって彼の体を正面から受け止め、抱きしめた。

体重をかけないようにしてくれているが、さすがに百八十五センチ以上ある閑はどっしりと重い。だがその重みが今は心地いい。このままぴったりとくっついていたい。すうっと息を吸い込むと、閑から甘くいい匂いがした。きっと彼のつけている香水の匂いだろう。

「閑さん……。お母さんを連れてきてくれてありがとう」

「どういたしまして」

さらりと言われたが、本当にすごいことだと小春は思う。

(だって、お母さんが来なかったら、お父さん、美保さんに捨てられてたかもだし)

本当に、閑には感謝しかない。

「それでね、不思議なんだけど、どうしてお母さんを連れてきたの？」

「んー……不思議？」

閑が穏やかに問いかけると、重なった体を通じて、声が響く。そのかすかな振動が、心地いい。

小春は少し甘えた気分になりながら、うなずいた。

「うん。私、お母さんのことはそんなに詳しく話してなかったでしょう？　だからどうして、お父さんが会ってる相手が、別れたお母さんだってわかったのかなって」

母が来てくれたことで、とんとん拍子に問題は解決に向かったのだが、なぜ閑にそれがわかったのか、いまだに謎だった。

だが閑にとっては、ネタバラしというほどのことでもないらしい。

「弁護士の経験からだよ。離婚訴訟は一番多く扱うからね。子供がいると、こういうことは起こり得る。だから小春に、お父さんが会っている相手を自分に隠してるって聞いて、すぐにピンときた。隠しているのは、小春に知られたくない相手だからだって。だから大将に連絡して、そこから平田さんに事情を話して……。彼は君のお兄ちゃん代わりだし、なにか知ってると思った……んだけど」

閑はそう言って、どこかつまらなさそうに唇を尖らせる。

「まぁ、小春が泣かされてるって勘違いした時のことを思い出すと、ちょっと恥ずかしかったかな」

その顔を見て、小春はクスッと笑う。

（もしかしてお兄ちゃんになにか言われたかな……？）

だが聞いたところで教えてはくれなさそうだ。いつか虎太郎に尋ねてみようと思いながら、閑の精悍でシャープな頬に手をのせた。

「あの……なにからなにまで、ありがとうございます。槇先生にもお礼を言わないと……お休み取ったんでしょう?」

「有休なら全然使ってなかったから、気にしなくていい。急ぎの案件もなかったし。仕方ねーなって送り出してくれたよ」

閑はおどけたように肩をすくめて、そして顔を近づけた。

「さて、そこで小春に相談なんだけど」

「相談?」

まさか閑に相談されると思っていなかった小春は、目を丸くする。

「今回の件、成功報酬をもらっていいかな」

確かに小春は閑に働いてもらったにもかかわらず、びた一文払っていない。

(弁護士に相談する時は確かに相談料もいるし、手付金とか……あるわよね)

大変な努力をして弁護士になっているのだから、その知識にお金を払うのは当然だ。目に見えない技術に対して、支払い感覚がおろそかになっていた自分を、小春は深く反省した。

「そ、そうですよね! すみません、私全然思い至ってなくて!」

小春は慌てて、真面目にうなずいた。

「成功報酬もですけど、手付金とか、こっちに来てもらった交通費とか、普通は私が――んっ……」

なんと、閑に唇をふさがれてしまっていた。

「なっ、なんですか？」

目を白黒させる小春に、閑はクックッと肩を揺らして笑い、首を横に振った。

「真面目だなぁ。そうじゃないって」

そして閑は明るい瞳を甘やかにきらめかせながら、ささやく。

どうやら彼が言う報酬は、自分が思っていたものとは違うらしい。

「と、言いますと？」

「――まぁ、近いうちにね」

閑は何事もなかったかのようにふっと笑って、それからいそいそと、小春が着ているセーターに手を伸ばし始める。

「この展開は、まっ、まさか……」

「とりあえずこれが手付金ということで手を打とう」

「ええっ！」

言いたいことはわかるが、両親の離婚問題の手付金代わりに、娘がペロッとセーターを脱がされるいわれはない。

(というか、今日はさんざん、そういうことをしているのに⁉)

嫌ではないが、少しばかり回数が多すぎるのではと思ってしまう。隙あらば抱かれている気がする。

小春は恥ずかしいやらなんやらで、パクパク口を開けたり閉じたりしながら、必死で閑を押しとどめるのだが——。

「大好きだよ。大好き……小春はこんな俺が嫌い？」

少し甘えたような閑の告白を聞くと、小春は瞬時に、すべての抵抗する気持ちを奪われてしまうのだ。

「もう……」

(仕方ない。これも惚れた弱みだ！)

小春は苦笑しながら、閑の顔に自ら顔を近づけ、

「閑さんのこと、好きですよ。少々だらしないところも全部含めて、あなたが大好きです」

と、精いっぱいの思いを込めて、キスをしたのだった。

続く明日へ

十二月三十一日、大晦日の夜。なかもと食堂は、商店街の人や常連客たちだけでなく、閉店を聞きつけた、かつての客でにぎわっている。席は当然埋まっており、テーブルの上は料理でいっぱいだ。

「大将、大丈夫です？」

少しくらい休憩をしてもらったほうがいいのではないかと、小春がたまっていく食器を洗い、片付けながら問いかけると、

「ああ、大丈夫だ。今日くらいは最後までやりきりてぇしな」

ねじりはちまきをした大将は、ガッハッハッと笑って、小春にウインクしながら、力こぶを作ってみせた。

それを見て、小春の父──佑二が、心配そうに眉間にしわを寄せる。

「おいおい、本気か？　あまり無理をするなよな」

「ああ、わかってるって。来年の春からは徳島だしな。無理はしねぇ」

「ならいいが」

佑二は肩をすくめて、まな板の上の魚を下ろし始める。

そう、今日は佑二も美保を連れて、東京にやってきているのだ。夕方、店に顔を出すだけと言っておきながら、まさかの店の繁盛ぶりにいてもたってもいられなくなったらしく、調理場に入り、大将と肩を並べて調理をしている。

小春も父に、買い出し含め、あれやれこやと指示をされながら、忙しく働いていた。今日はなかもと食堂、最後の営業ということもあり、昼から休みなしで店は開きっぱなしだ。そして夜の九時に閉めるはずだったのに、最終的には、年越しそばを食べようということになり、まさかの延長。店はワイワイと大繁盛である。

プロの父が手伝えば、百人力だろう。

（人手が足りなかったから、助かったけど……まぁ、いいか）

楽しそうに、並んで包丁を握る大将と父の背中を見つめていると、

「小春ちゃん、彼が来たわよ」

佑二と同じように店を手伝ってくれている美保が、いそいそとやってきて、笑顔で小春を手招きした。

「あっ……」

言われて見れば、入り口に槇と閑が立っている。ふたりともスーツにコートを羽

織っていた。個人事務所ゆえなのか、年末ギリギリまで仕事をしていたふたりではあるが、どこか晴れやかな顔をしている。

「お疲れさまです！」

小春が入り口に向かうと、槙が店内を見回して、驚いたように目を丸くした。

「これは大繁盛だなぁ」

「はい、おかげさまで。相席でもいいですか？」

「もちろんだよ」

槙は笑ってうなずき、それから閑を振り返る。

「お前なに食う？」

「んー、やっぱ蕎麦ですかね……」

そう答える閑は、フニャフニャして眠そうだ。髪をかき回しながら槙とつめてもらったテーブル席に座り、ふわわ、と大きなあくびをした。

昨晩も、閑は仕事を持ち帰って、夜遅くまで起きていたようだ。閑はそんなことは言わないが、クリスマス前に徳島に来たことで、仕事をため込んでしまったらしい。

小春は先に眠ってと言われたので、素直にそれに従っていたが、閑はきっと疲れがたまっているのだろう。

（お正月はゆっくり寝かせてあげたいな）

小春はお冷をふたりの前に並べながら、ぺこりと頭を下げる。

「あの、このお店のこと含めて、おふたりには大変お世話になりました」

「君も頑張ったな」

槙はクシャッとした笑顔になって、それからまた、眠そうにあくびをしている閑に視線を向ける。

「まぁ、あれだよ。こいつのことよろしく頼むな」

「えっ、あっ、はい……」

改まって言われると恥ずかしくてたまらないが、小春は小さくうなずいて、調理場へと戻る。

こうやって、閑との関係が周囲に当たり前のように馴染んでいく過程が、面映ゆくもあった。


「あけましておめでとうー」

「おめでとう！」

「大将、元気でな〜」

「よいお年をー！」

日付が変わり、新しい年が来る。慌ただしくもあるが、いい年明けだ。

店はこのまま朝まで開けておくらしい。年内で閉店はどうしたと思わないでもないが、『朝が来るまでは年内だ』とわけのわからない理論で、大将は通すようだ。

そうなったら小春としても、朝まで手伝うつもりでいたのだが、「小春ちゃんはいいよ」と大将に言われ、なかば追い出されるようにして帰ることになった。

佑二は、いつのまにか大将や常連客に相当な量を飲まされていたらしく、テーブルに突っ伏して潰れてしまっている。

「お父さんったら、もうっ……」

これでは皿を洗うのも無理に違いない。やはり残ったほうがいいのではと口にする小春に向かって、

「小春ちゃん、気にしないで。佑二さん、小春ちゃんが働いてる姿、見たかっただけなんだから」

そう助言してくれたのは美保だ。

「見たいもなにも、こないだ会ったばかりじゃない」

小春が笑うと、美保もうなずく。

「それでもやっぱり、気になるんでしょうね。でも、元気だったらいいのよ。じゃあまた今度ね」

「はい。美保さん、父のことお願いします」

小春はぺこりと頭を下げて、閑とふたりでマンションに帰ることにした。

「閑さん、タクシーを呼んできましょうか」

「ん、いいよ。あったかい蕎麦食べたら目が覚めた。大通りまで歩いて適当に拾おう」

「はい」

小春と閑は、並んで夜の商店街を歩き始める。

食堂から離れると、一気にしん、と静かな夜になり、足元から冷えが襲ってきた。

思わずコートの上から腕をさすると、

「寒い？」

閑が立ち止まり、バッグの中からマフラーを取り出して、小春の首に巻いた。

マフラーからは閑の香りがふわりと漂う。

「ありがとうございます」

優しくされるとくすぐったい。

「うん、これでいい」

閑はにっこりと笑って、それからなにげなく顔を近づけ、小春の唇にキスを落とす。

触れたのはほんの一瞬だが、外でキスをされた小春は驚いてしまった。

「そ、外ですよっ！」

「うん、そうだな」

「――気にしてないみたい」

「してない。もうこんな時間だし」

閑は笑って、空を見上げた。

「鐘の音、まだ聞こえるね」

「そうですね」

この近所の寺では、十一時くらいに行けば除夜の鐘をつくための整理券をもらえる。

十二時を過ぎても鐘はつけるので、人気のスポットなのだ。

ゴォン……と響く鐘の音に、ああ、年が明けたのだとなんだかワクワクした気分になった。そこでふと、閑が唐突に思いついたように、顔を覗き込んできた。

「ね、俺たちも行こうか」

「えっ、いいんですか？」

一瞬、胸が弾んだが、ふと気が付いた。閑は何度もあくびをしていた。睡眠不足で倒れそうな雰囲気もある。そんな彼を人混みの中に連れていくのは忍びない。

「でも、閑さん、疲れてるんじゃ――」

「いいって、そんなの」

閑は小春の手を引いて、歩き出した。少し強引だが、特別なお出かけに小春は嬉しくなった。

大通りに出ると、初詣客が急に増える。閑が繋いだ手に力を込め、唐突に口を開いた。

「俺ね……。赤ん坊の時の記憶があるんだ」

「――えっ？」

驚いた小春は、閑を見上げた。隣を歩く閑は、まっすぐに前を見つめていた。とても嘘や冗談を言っている雰囲気ではない。だとしたら、これは本当のことなのだ。

「たぶん俺が生まれた年の年末だと思うんだけど。こう、母親らしき人に抱っこされて……除夜の鐘の音を聞いたんだ」

閑は繋いでいないほうの手を、まさに赤ん坊を抱くような腕にして、揺らす。

「こうやって、家族でお参りに行ってたんじゃないかな。俺は母親の顔を下からずっと眺めていて、ゆらゆら揺れてて……楽しそうな笑い声が聞こえて……。それだけなんだけど……悪くない記憶だって、思ってるんだよね」

そして閑は、隣を歩く小春を優しく見つめる。

「そうあってほしかったと思う、俺のねつ造した記憶かもしれないんだけどね」

「閑さん……」

「神尾の家で十分愛されたくせに、わがままだなと思うけど」

「――そんなの……そんなのっ、わがままなんかじゃ、ないですよっ……」

なんとか絞り出し、口にできたのは、それだけだった。

そして唐突に、胸の奥底からこみ上げてくるのは、ただ閑が愛おしいという気持ち、それだけで――。

いつも守られてばかりで、助けられてばかりの自分がそんなことを考えるのは、おこがましいような気がしたが、それでも小春は思ったのだ。

この人を、守りたい――と。人生のみちゆきの支えになり、力になりたいと。

「……そっか。ありがとう」

閑がホッとしたように息を吐く。

――ゴォン……。

鐘をつく音と、人々のはしゃぐ声がどんどんと近づく。そして初詣客で、道路はあっという間に大行列の大渋滞になっていた。

「人が増えたね。こっちにおいで」

閑が小春の肩を抱いて引き寄せる。

辺りは楽しそうな人たちでいっぱいなのに、世界には、自分と閑、ふたりきりのような気がした。

小春はそっと、閑の腰に腕を回し、もたれかかる。

これだけの人だ。少々くっついたところで、咎められることはないだろう。

「ね、小春」

「なんですか？」

「成功報酬の件、覚えてる？」

「もちろんですよ」

とりあえずそのうちと言われたが、忘れるはずがない。

小春は真面目な顔をして、うなずいた。

「あのね……今すぐじゃなくてもいい。だけどいつか、俺の家族になって」

少し照れたように、でも至極まじめな表情で、閑は小春に告げる。

『家族になって』という穏やかな閑の声は、まっすぐに小春を包み込んだ。

その瞬間、小春は泣きたいような、切ないような、嬉しいような、不思議な気持ちになって、鼻の奥がツンと痛くなった。

小春はコクコクとうなずいて、しがみついた腕に力を込める。

今はまだうまく言葉にできないけれど、いつかきっと、閑のささやかな望みを、叶えたいと思った。

心から——。

番外編

他愛のない日々の先に

年が明けて季節は春——三月末のこと。

「今度の土曜日なんだけど、お花見パーティーに行かない？」

閑の提案に、朝食後のコーヒーをマグカップに注いでいた小春は、首をかしげた。

「お花見……パーティー？」

お花見はわかるが、そこにパーティーとつくのがよくわからない。

「どういうものなんですか？」

「じつは毎年、俺の友達が主催するパーティーがあってさ」

閑はコーヒーを、ふーふーと冷ましながらゆっくり口をつける。

「自宅の庭に桜が咲いてるから、それを見ながらメシを食ったり、酒を飲んだりするっていうそれだけなんだけど。毎年恒例になってるから、どうかなと思って」

「庭に桜……」

自宅に桜を植えるのは、相当庭が広くないとダメだし、なにより虫が多い。手入れが大変だと聞く。

「自宅で見られるなんて、贅沢ですね」

きっと素敵な時間が過ごせるだろう。小春が花散る庭を想像していると、

「なにより人混みがないのがいい」

閑が真面目くさった顔でうなずく。閑は人混みが嫌いなのだ。

「ふふっ、確かに」

小春は笑ってうなずいた。

「じゃあ、行くって返事していいかな？」

「はい。楽しみにしてますね」

閑との生活も、なんだかんだで三カ月経った。こうやって忙しい合間をぬって、自分との時間を作ってくれる閑には感謝しかない。

小春はワクワクしながら、週末を待つことにしたのだが――。


「な、な、なんなんですか、これ！」

開いた口がふさがらないとは、まさにこういうことを言うのだろう。

お花見パーティーと聞いていたから、勝手にカジュアルなものを考えていた自分がいけないのだが、いざ閑とタクシーで乗りつけてみれば、そこは超広大な日本家屋の

お屋敷で、小春は門の手前で、完全に足が止まってしまった。

「そんなかしこまらなくてもいいって」

「いや、かしこまりますよね……！」

一応、水色のワンピースというお出かけモードではあるのだが、あまりにも格が違いすぎて、おののいてしまう。これは着物を着て訪問するレベルの家にしか見えない。

「別にお大臣が来てるわけじゃないさ。さ、行こう」

閑は笑って小春の手を引くと、慣れた様子で大きな門をくぐり、玉砂利が敷き詰めてある小道を通り、そのまま庭へと向かっていく。

(都内にこんな広いお庭付きの豪邸って……)

「あの、閑さん」

「ん？」

「学生時代のお友達って言ってましたよね。どういう人なんですか？」

「ああ……同級生でね。天野蒼佑《あまのそうすけ》っていうんだけど。『ヘブンズフィールド』って知ってる？」

「飲料水メーカーのですか？」

「そう。そこの長男なんだよ。今、海外にいて、たまーに帰ってくる。俺の親友」

日本に住んでいて、ＨＦの名前を聞いたことがない人間は、まずいないのではないのだろうか。飲料水から酒造まで、多くの関連グループ企業を持つ、大企業である。

「ここがその、天野さんのご実家？」

まさか日本有数の飲料水メーカーの関係者宅だとは思わなかった。

小春はドキドキしながら辺りを見回す。

住宅部分よりもずっと広い庭園には大きな木と池と、きれいに刈られた植木と、さわやかな春の風が吹き抜けている。まるで時が止まっているような美しい景色だ。

「いや、もとはひいおじいさんの、お妾《めかけ》さんの家だって言ってたかな。本家ではないから、わりと昔から自由に使わせてもらってるんだ。庭に面した客間があってね、畳の上に寝転んでると風が通って、気持ちよくてさ。学生時代は、たまり場になってたよ。あ、いたいた。蒼佑～！」

閑が、庭の中央に集まっている面々に向かって、手を振る。そこでは二十人ほどの若い男女がシャンパングラスを片手に、芝生の上に寝転がったり座ったりして、歓談しているようだった。

「閑？」

閑の呼びかけに、その輪でも一番目立つ男が気づいて立ち上がり、近付いてきた。

「久しぶり」

閑ほどではないが、蒼佑の身長も百八十センチは優に超えている。長身でたくましく、背筋がすっきりと伸びて美しい。

閑はロールアップのデニムに白いカットソー、赤のスニーカーというカジュアルなスタイルだが、蒼佑と呼ばれた彼は、ブラックのパンツにシャツと、テーラードジャケットという、育ちのよさそうな品のあるコーディネートをしている。少しくせのある黒髪と、彫りの深い顔立ちからして、外国の血が流れているのかもしれない。どこかエキゾチックな雰囲気のある、大変な美男子だった。

「で、こっちが俺の彼女。増井小春さん。めちゃくちゃかわいいだろ。今、一緒に住んでいるんだ」

閑はへへと笑って、そのまま小春の肩を抱き寄せた。本当に、小春のことがかわいくてかわいくてたまらないと、思っているような仕草だ。

（こ、こんな天然の美男子に向かって、かわいいとか言われると困る〜！）

小春は照れくさい以上に恥ずかしくなり、閑の胸を軽く押し返し、会釈した。

「増井小春です。本日はお招きいただきありがとうございました」

「初めまして。天野蒼佑といいます。閑とは学生時代からの友人で」

そう言いながら、蒼佑は軽く小春と握手をし、閑にいたずらっぽい視線を向ける。

「ところでお前が人と住めるのか？　散らかし魔のお前が？」

「そういうこと言う？」

「いや、だって……心配だろう。彼女が」

そして蒼佑はにっこりと笑って、こぶしを握って、閑の肩を軽く叩く。その蒼佑のリアクションからして、本当に閑と仲がいいことがうかがえて、小春はほっこりした気持ちになった。

「くっそ……その点に関しては、言い返せない」

閑は、楽しそうに笑って、小春の顔を覗き込んだ。

「でも、俺だいぶ改善されたよね？」

キラキラした明るい色の瞳が、太陽の光を受けて輝く。小春に褒められたいと、顔に書いてあるのがわかる。

だが、果たして褒められたものだろうか。確かに帰宅後、着ているものをあちこちに脱ぎ散らかす回数は減ったが、ゼロになったわけではない。

「うーん……」

そうやってしぶる小春を見て、「えっ……」と、閑が困ったように眉を寄せる。

「タオルとかそのへんにぽいぽい置いちゃうし」

「そうだっけかな……うーん……道のりは険しいな……」

閑は軽く肩をすくめ、ぎゅっと目を閉じ、それから首を横に振った。

そんなふたりのやりとりを見て、蒼佑がククッと喉を鳴らすようにして笑う。

「うまくいってるんだな。羨ましいよ」

その蒼佑の顔を見て、小春は、少し違和感を覚えた。

（なんだろう、今の顔……）

羨ましいと言いながら、蒼佑はどこか気落ちしていた。なぜか、傷ついているようにも見えた。だが誰もが知っているような大企業の御曹司に、いったいどんな憂いがあるというのだろう。

（なにか悲しいことでも思い出したんだろうか……）

気にはなったが、初めて会ったばかりの自分がそんなことを尋ねるのは、礼儀に反する気がした。結局なにも言えず、笑顔を作るだけだった。

「そういや、瑞樹は？」

閑が辺りを見回す。瑞樹も閑の親友のひとりだ。まだ会ったことはないが、名前だけは小春も何度か聞いている。閑曰く『めちゃくちゃ女ぐせが悪いから、今は会わせられない』ということだったが、本当だろうか。

（そもそも私、閑さん以外の誰も、目に入らないんだけどな）

「瑞樹はまだだな。来るとしたら夜だろうが、来ないかもしれないな」

なんともあいまいだが、男同士の集まりなど、そういうものかもしれない。

「そうか。まぁ、勝手気ままを絵に描いたような奴だしね。じゃあ、また後で」

閑は軽くうなずいて、そのまま小春の手を取り、給仕をしている男性からアルコールの入ったグラスを受け取って、歩き出した。

「こっちだよ」

閑が小春を連れていったのは、みんながいる庭の中央より少し外れた東側だった。

閑は桜の木の下にハンカチを引いて、小春を座らせる。

「ここ、昔から誰も来ない穴場なんだ」

（昔から……？）

小春の胸に、その言葉がひっかかった。だが閑は気づかない。機嫌よく笑って、小春と並んで腰を下ろした。

ひらひらと、桜の花びらが舞い散る。花の嵐だ。個人宅でこれほどの桜を間近で見られることなど、めったにないだろう。本当に贅沢な空間だった。

「きれい……」

ぽつりとつぶやきながらも、閑の言葉を思い出してしまう。

昔から――。

きっと閑は、今まで何度もここに女の子を連れてきたのだ。

肩を並べて桜を見上げて、『きれいだね』とささやき、女の子の肩を抱いて――。

それは、閑のことを好きになって、ずっと片思いをしていた頃には、芽生えなかった感情で。閑に過去があって当然なのに、チリチリと胸が焦げる。

(私、いつまで閑さんの隣にいられるんだろう……)

今、閑の気持ちを疑っているわけではない。本当に大事にしてもらっているし、閑と一緒にいて違和感など覚えたことは一度もない。けれどずっと好きでいてもらえるかと思うと、どうしても自信がない。

(どうしよう……閑さんが、他の誰かを好きになったら、どうしよう……)

そんなことになったら、自分は生きていけない。

目の前の幻想的で美しい景色と相まって、胸がぎゅっと苦しくなり、息が詰まりそうになる。鼻の奥がツンと痛くなって、泣きそうになってしまった。

「――小春、どうしたの?」

すん、と鼻を鳴らしたところで、閑が異変に気づいたらしい。下から顔を覗き込んで、目を細める。大きな手が小春の頬を包み込み、顔を上げさせた。

「……大丈夫です」

「小春が我慢強いのは知ってるけど、そうやって強がるのはよくないな」

閑はそのまま小春の体を抱き寄せて、よしよしと頭を撫でる。

そうやって撫でられていると、広い閑の胸の奥から、彼の心臓の音が聞こえた。

ドクン、ドクンと脈打つ力強い鼓動に、次第に小春の気持ちは落ち着いてくる。

(閑さん……優しいな……)

どう考えても面倒くさい女だったと、即座に反省した小春は、顔を上げた。

「ごめんなさい。ちょっとナーバスになって」

すると閑はそんな小春を見て、穏やかに笑う。

「そっか……俺は小春と一緒にいるの、すごく楽しいし、ホッとするから、無神経な俺が小春を傷つけたかもしれないと思ったら、ハラハラするんだけど……」

どうやらいらぬ心配をかけてしまったようだ。慌てて小春は首を振る。

「ちっ、違うんです、傷ついたとかじゃなくて、あの……嫉妬して……」

「は?」

閑がきょとんとして目を丸くする。

「だ、だからですね、閑さんが、ここでいろんな女の子と時間を過ごしたんだって思ったら、苦しくて、そして私はいつまで一緒にいられるんだろうって、なんかもう、つらくなっちゃって……」

「……それはまさかの発想だったな」

閑は驚いたようにそうつぶやき、それからふふっと笑顔になった。どうやらおもしろがられているようだ。

深刻に捉えられなかったのは、よかった。だが恥ずかしい。

「やだ、笑わないでくださいっ……自分でも恥ずかしい奴だと思ったのに！」

急激に羞恥心に襲われた小春は、顔を真っ赤にしながら閑の胸をこぶしで叩く。

「ごめん、ごめん」

閑は笑いながらその手を受け止めて、そのまま小春を正面からぎゅっと抱きしめた。

「小春が俺にやきもち焼くなんて珍しいだろ。ちょっと顔がにやける」

「にやけるって、ひどいっ！」

「うんうん、ごめんね。でも嬉しい。すっごく嬉しい。これで酒が飲める」

「人をつまみにしないでくださいっ、もうっ……！」

小春は笑って、閑の胸に額を押しつけた。

そうやってふたりで言い合っていたら、つまらないことで悲しくなったり、やきもちを焼いていた気持ちが、霧のように消えていった。

閑といると、いつもこうだ。海のように広く、太陽のように温かい彼に、自分はとても救われている。

「……ありがとうございます」

「なにが？」

「いつも元気をくれるから」

すると閑が小春を抱いたまま、クスッと笑う。

「そんなの、お互いさまだよ。俺だって、小春にたくさん元気をもらってる。君と一緒にいるから、ちゃんとしようって思えるし」

「床にお洋服を脱がないとか？」

少し冗談めかした小春に、

「そうだな。ひとりならもっと荒れた生活してるよ。君に褒められたくて、ゴミをゴミ箱に捨てる努力もしないだろう」

閑も笑って答える。それからふと思いついたように、ゆっくりと言葉を選びながら口を開く。

「つらい時に、無理して笑わなくてもいいとは思うんだけど……でも、小春が笑ったほうが気分が晴れるっていうんなら、一緒に笑おう」

「……はい」

温かい気持ちが、全身に広がっていく。

うなずくと、背中に回っている閑の手に力がこもる。

「秋頃、落ち着いたら小春のご両親に挨拶に行こうか」

「え……?」

両親に挨拶と言われて、一瞬ぽかんとした。去年、挨拶は済ませている。今さらなんの挨拶をするというのだろう。

「それからお母さんにも、連絡しようね。やっぱりプロだし、力になってもらうのがいいと思う」

続けた閑の言葉に、小春も自分がなにを言われているのか、ようやく気づいた。

「……それって」

お母さんというのは、小春の実の母のことだ。そして彼女の仕事は、ブライダルサロンで――。

「うちの親は日本にいないんだよな。だから、先に兄貴たちに会わせるよ」

「閑さんっ……！」

焦れたように小春が叫ぶと同時に、唇がふさがれる。

一瞬触れ合った唇が離れて、桜吹雪が舞った。

「そろそろいいだろ？　イエスって言うまで、離さないけど」

閑の明るい瞳が、太陽の光を受けて、キラキラと輝く。

「イエスって言いたいけど、離してほしくないです……！」

小春が笑うと、閑もまた、笑った。

end.

あとがき

こんにちは、あさぎ千夜春です。

前作、『だったら俺にすれば?』に出た仲良し三人組のひとり、神尾閑が今回のヒーローとなりました。

ちなみにこの神尾閑の兄のうちのひとりは、『イジワル社長は溺愛旦那様⁉』のヒーロー、神尾湊になります。普段は敬語で仕事に厳しい眼鏡社長が、家に帰ると奥様大好きな甘々旦那様になるという、そんなお話です。

そして閑も、兄たちを助ける弁護士として顔を出しております。設定的にはこのお話の数年前になります。以上、自作の宣伝でした。よしなに。

前回、夏にキャンプに行くんですよという話をあとがきに書きまして、そしてあっという間に夏が終わり、秋が来て、冬が来ましたね。しかも年が明けてるじゃないですか。

一年経つの、早すぎませんか?

いつも小説を書くことを考えていて、基本的に毎日少しでも書こうと努めているんですが、全然時間が足りない。

たくさん書きたい話があるのに、追いつかない。

あとどのくらい、私の書く物語をみなさんに読んでもらえるんだろうと、不安になることがあります。でも悩んでたって仕方ないので、とりあえず書くことしかできないのだけれど。


今回も、前作同様、皇りん先生にカバーイラストを描いていただきました。

ラフを見せてもらって、『お顔があるよ！』と興奮しました。かっこよすぎですよね。嬉しいです。本当にありがとうございました。

ではこの辺で。

今年もがんばります。

あさぎ千夜春《ちよはる》

あさぎ千夜春先生への
ファンレターのあて先

〒104-0031
東京都中央区京橋1-3-1
八重洲口大栄ビル7F
スターツ出版株式会社　書籍編集部　気付

あさぎ千夜春先生

本書へのご意見をお聞かせください

お買い上げいただき、ありがとうございます。
今後の編集の参考にさせていただきますので、
アンケートにお答えいただければ幸いです。

下記URLまたはQRコードから
アンケートページへお入りください。
http://www.berrys-cafe.jp/static/etc/bb

ベリーズ文庫

誘惑前夜

～極あま弁護士の溺愛ルームシェア～

2019年1月10日　初版第1刷発行

著　者　あさぎ千夜春
©Chiyoharu Asagi 2019

発行人　松島 滋

デザイン　hive & co.,ltd.

校　正　株式会社鷗来堂

編集協力　妹尾 香雪

編　集　倉持 真理

発行所　スターツ出版株式会社
〒104-0031
東京都中央区京橋1-3-1　八重洲口大栄ビル7F
TEL　販売部　03-6202-0386（ご注文等に関するお問い合わせ）
URL　http://starts-pub.jp/

印刷所　大日本印刷株式会社

Printed in Japan

乱丁・落丁などの不良品はお取替えいたします。
上記販売部までお問い合わせください。
定価はカバーに記載されています。

ISBN 978-4-8137-0603-8　C0193

ベリーズ文庫 2019年1月発売

『授かり婚～月満チテ、恋ニナル～』　水守《みずもり》恵蓮《えれん》・著

事務OLの莉緒は、先輩である社内人気ナンバー1の来栖にずっと片思い中。ある日、ひょんなことから来栖と一夜を共にしてしまう。すると翌月、妊娠発覚!? 戸惑う莉緒に来栖はもちろんプロポーズ！　同居、結婚、出産準備と段階を踏むうちに、ふたりの距離はどんどん縮まっていき…。順序逆転の焦れ甘ラブ。

ISBN 978-4-8137-0599-4／定価：本体650円＋税

『イジワル御曹司様に今宵も愛でられています』　美《み》森《もり》萠《めぐむ》・著

父親の病気と就職予定だった会社の倒産で、人生どん底の結月。ある日、華道界のプリンス・智明と出会い、彼のアシスタントをすることに！　最初は上品な紳士だと思っていたのに、彼の本性はとってもイジワル。かと思えば、突然甘やかしてきたりと、結月は彼の裏腹な溺愛に次第に翻弄されていき…。

ISBN 978-4-8137-0600-7／定価：本体640円＋税

『クールな御曹司の甘すぎる独占愛』　紅《くれない》カオル・著

老舗和菓子店の娘・奈々は、親から店を継いだものの業績は右肩下がり。そんなある日、眉目秀麗な大手コンサル会社の支社長・晶と偶然知り合い、無償で相談に乗ってもらえることに。高級レストランや料亭に連れていかれ、経営の勉強かと思いきや、甘く口説かれ「絶対にキミを落とす」とキスされて…!?

ISBN 978-4-8137-0601-4／定価：本体650円＋税

『お見合い相手は俺様専務!?（仮）新婚生活はじめます』　藍里《あいさと》まめ・著

OL・莉子は、両親にお見合い話を進められる。無理やり断るが、なんとお見合いの相手は莉子が務める会社の専務・彰人で!?　クビを覚悟する莉子だが、「お前を俺に惚れさせてからふってやる」と挑発され、互いのことを知るために期間限定で同居をすることに!?　イジワルに翻弄され、莉子はタジタジで…。

ISBN 978-4-8137-0602-1／定価：本体630円＋税

『誘惑前夜～極あま弁護士の溺愛ルームシェア～』　あさぎ千夜春《ちよはる》・著

食堂で働く小春は、店が閉店することになり行き場をなくしてしまう。すると店の常連であるイケメン弁護士・閑が、「俺の部屋に来ればいい」とまさかの同居を提案！　しかも、お酒の勢いで一夜を共にしてしまい…。「俺に火をつけたことは覚悟して」――以来、閑の独占欲たっぷりの溺愛が始まって…!?

ISBN 978-4-8137-0603-8／定価：本体640円＋税

タイトル、価格等は変更になることがございますのでご了承ください。

ベリーズ文庫 2019年1月発売

『国王陛下は純潔乙女を独占愛で染め上げたい』 星野《ほしの》あたる・著

ウェスタ国に生まれた少女レアは、父の借金のかたに、奴隷として神殿に売られてしまう。純潔であることを義務づけられ巫女となった彼女は、恋愛厳禁。ところが王宮に迷い込み、息を呑むほど美しい王マルスに見初められる。禁断の恋の相手から強引に迫られ、レアの心は翻弄されていき…!?

ISBN 978-4-8137-0604-5／定価：本体650円＋税

『なりゆき皇妃の異世界後宮物語』 及川 桜《おいかわさくら》・著

人の心の声が聴こえる町娘の朱熹。ある日、皇帝・曙光に献上する食物に毒を仕込んだ犯人の声を聴いてしまう。投獄を覚悟し、曙光にそのことを伝えると…「俺の妻になれ」——朱熹の能力を見込んだ曙光から、まさかの結婚宣言!?　互いの身を守るため、愛妻のふりをしながら後宮に渦巻く陰謀を暴きます…！

ISBN 978-4-8137-0605-2／定価：本体620円＋税

『異世界で、なんちゃって王宮ナースになりました。』 涙鳴《るいな》・著

看護師の若菜は末期がん患者を看取った瞬間…気づいたらそこは戦場だった！　突然のことに驚くも、負傷者を放っておけないと手当てを始める。助けた男性は第二王子のシェイドで、そのまま彼のもとで看護師として働くことに。元の世界に戻りたいけど、シェイドと離れたくない…。若菜の運命はどうなる?

ISBN 978-4-8137-0606-9／定価：本体660円＋税

ベリーズ文庫 2019年2月発売予定

Now Printing

『王様の言うとおり』 夏雪《なつゆき》なつめ・著

仕事も見た目も手を抜かない、完璧女を演じる彩和。しかし、本性は超オタク。ある日ひょんなことから、その秘密を社内人気ナンバー1の津ケ谷に知られてしまう。すると、王子様だった彼が豹変！ 秘密を守るかわりに出された条件はなんと、偽装結婚。強引に始まった腹黒王子との新婚生活は予想外の甘さで…。

ISBN 978-4-8137-0617-5／予価600円＋税

Now Printing

『恋する診察』 佐倉《さくら》ミズキ・著

OLの里桜は、残業の疲れから自宅マンションの前で倒れてしまう。近くの病院に運ばれ目覚めると、そこにいたのはイケメンだけどズケズケとものを言う不愛想な院長・藤堂。しかも、彼は里桜の部屋の隣に住んでいることが発覚。警戒する里桜だけど、なにかとちょっかいをかけてくる藤堂に翻弄されていき…。

ISBN 978-4-8137-0618-2／予価600円＋税

Now Printing

『年下御曹司の熱烈求愛に本気で困っています！』 砂川雨路《すながわあめみち》・著

OLの真純は恋人に浮気されて別れた日に"フリーハグ"をしていた若い男性に抱きしめられ、温もりに思わず涙。数日後、社長の息子が真純の部下として配属。なんとその御曹司・孝太郎は、あの日抱きしめてくれた彼だった！　それ以降、真純がどれだけ突っぱねても、彼からの猛アタックは止まることがなく…!?

ISBN 978-4-8137-0619-9／予価600円＋税

Now Printing

『十年越しの片想い』 田崎《たさき》くるみ・著

28歳の環奈は、祖母が運び込まれた病院で高校の同級生・真太郎に遭遇。彼はこの病院の御曹司で外科医として働いており、再会をきっかけに、ふたりきりで会うように。出かけるたびに「ずっと好きだった。絶対に振り向かせる」と、まさかの熱烈アプローチ！　昔とは違い、甘くて色気たっぷりな彼にドキドキして…。

ISBN 978-4-8137-0620-5／予価600円＋税

Now Printing

『俺だけ見てろよ　～御曹司といきなり新婚生活!?～』 佐倉伊織《さくらいおり》・著

偽装華やかOLの鈴乃は、ある日突然、王子様と呼ばれる渡会に助けられ、食事に誘われる。密かにウエディングドレスを着ることに憧れていると吐露すると「俺が叶えてやるよ」と突然プロポーズ!?　いきなり新婚生活をおくることに。鈴野は戸惑うも、ありのままの自分を受け入れてくれる渡会に次第に惹かれていって…。

ISBN 978-4-8137-0621-2／予価600円＋税

タイトル、価格等は変更になることがございますのでご了承ください。

ベリーズ文庫 2019年2月発売予定

『転生令嬢の幸福論』 吉澤《よしざわ》紗《さ》矢《や》・著

Now Printing

婚約者の浮気現場を目撃した瞬間、意識を失い…目覚めると日本人だった前世の記憶を取り戻した令嬢・エリカ。結婚を諦め、移り住んだ村で温泉を発掘。前世の記憶を活かして、盗賊から逃げてきた男性・ライと一大温泉リゾートを開発する。ライと仲良くなるも、実は彼は隣国の次期国王候補で、自国に戻ることに。温泉経営は順調だけど、思い出すのはライのことばかりで…!?

ISBN 978-4-8137-0622-9／予価600円＋税

『しあわせ食堂の異世界ご飯3』 ぷにちゃん・著

Now Printing

料理が得意な女の子が、突然王女・アリアに転生!?　ひょんなことからお料理スキルを生かし、『しあわせ食堂』のシェフとして働くことに。アリアの作る絶品料理は冷酷な皇帝・リントの胃袋を掴み、彼の花嫁候補に!?　そんなある日、アリアの弟子になりたい小さな女の子が現れて!?　人気シリーズ、待望の3巻！

ISBN　978-4-8137-0623-6／予価600円＋税

電子書籍限定

恋にはいろんな色がある。

マカロン文庫 大人気発売中！

通勤中やお休み前のちょっとした時間に楽しめる電子書籍レーベル『マカロン文庫』より、毎月続々と新刊発売中！　大好きな人に溺愛されるようなハッピーな恋から、なにげない日常に幸せを感じるほのぼのした恋、届かない想いに胸が苦しくなる切ない恋まで、そのときの気分にピッタリな恋が見つかるはず。

［話題の人気作品］

「こんな反抗的になるとは。一から躾けし直しかな」

『【極上御曹司シリーズ2】腹黒御曹司は独占欲をこじらせている』
水守恵蓮・著　定価：本体400円＋税

敏腕社長に今日もオフィスで色気たっぷりに愛を囁かれて…。

『俺様社長はウブな許婚を愛しすぎる』
田崎くるみ・著　定価：本体400円＋税

御曹司から独占欲たっぷりに愛され、絆されてしまい…。

『一途な御曹司に愛されすぎてます』
岩長咲耶・著　定価：本体400円＋税

「お前は私のものだ……誰にも渡したくない」

『国王陛下はウブな新妻を甘やかしたい』
夢野美紗・著　定価：本体500円＋税

各電子書店で販売中

電子書店パピレス　honto　amazonkindle　BookLive!　Rakuten kobo　どこでも読書

詳しくは、ベリーズカフェをチェック！

小説サイト Berry's Cafe
http://www.berrys-cafe.jp

マカロン文庫編集部のTwitterをフォローしよう
@Macaron_edit 毎月の新刊情報をつぶやきます♪

俺様すぎる
強引社長
CV:増田俊樹

とことん溺甘！
グイグイ
秘書室室長
CV:梅原裕一郎

隠れドS!?
溺愛系御曹司
CV:石川界人

溺愛ボイスドラマ
×ベリーズ男子